ノ
ダンジョンで暮らす男の娘。
実は亡国の王子？
ミルカ
ダンジョンで暮らす少女。
実はエルフ？
外れ勇者だった俺が、
世界最強のダンジョン
を造ってしまったんだが？
2
九頭七尾 イラスト ふらすこ

よし、出でよ
精鋭部隊！

か、かわいい魔物だと……！

シーナちゃん、
競争だ～～っ！

浮くようにしてあげますわ♥

あいつがこの国を
滅ぼした元凶だ
油断するんじゃねぇぞ

また君かい
確実に殺したと思ったんだけどねぇ

CONTENTS

I, the outcast hero,
built the world's
most powerful dungeon.

◆◆◆

外れ勇者だった俺が、世界最強のダンジョンを造ってしまったんだが？ 2

I, the outcast hero, built the world's most powerful dungeon.

九頭七尾
イラスト　ふらすこ

PROLOGUE プロローグ

俺《おれ》、穴井丸夫《あないまるお》は、高校のクラスメイトたちと共に異世界に召喚された。

みんなが勇者として強力なジョブを得ていく中、【穴掘士】などというジョブを授《さず》かった結果、唯一の外れ勇者に認定されてしまう。

だがその後、地中深くに存在したダンジョンコアに触れたことでダンジョンマスターに。

本来のダンジョンマスター候補だった赤髪の魔族少女、アズリエーネ――アズを眷属《けんぞく》とした俺は、【穴掘士】の力を活かしてダンジョンをどんどん拡大していった。

美味《おい》しい野菜や果物を収穫できる畑や果樹園を造ったり、可愛いモフモフの従魔たちを増やしたりしながら、ダンジョンで楽しい日々を送っている。

もちろん多少のトラブルはある。他のダンジョンと繋《つな》がって戦いになったり、マンティコアという人面虎の魔物が侵入してきたり。

まぁ今のところ問題なく切り抜けているが。

ちなみにそのマンティコア、クラスメイトの天野正義《あまのまさよし》たちによれば、どうやらかなり危険な魔物だったらしく、撃破したことで結構なダンジョンポイントが入ってきた。

『おめでとうございます！　レベルアップしました！　新たな機能が追加されました』

それを消費していると、レベルが7になった。

ダンジョンにはレベルが存在し、これを上げていくほど新たな機能が増えていくのである。

追加された機能は「魔物呼び出し」というものだった。

「なるほど、ダンジョン内であれば、作成済みの魔物を一瞬で呼び出せるというものか」

実際に試してみると、俺が今いるところからかなり離れた場所で拡張作業をしていたアンゴラージが、すぐ目の前に出現した。

アンゴラウサギそっくりなウサギの魔物である。

「ぷぅ？」

土を掘るために頑張って動かしていた前脚が、急に空を掻《か》くようになって驚いている。

呼び出す魔物は、マップ上から指定することが可能だった。

マンティコアみたいな強敵が現れたときなどに、ほうぼうに散っている戦力を瞬時に集めることができるのはかなりありがたい。

「もしかしたら眷属も呼び出せるかも？」

ふとそう思って、アズに使ってみた。

すると次の瞬間、口を大きく開けて涎《よだれ》を垂らしながら寝ている赤髪の美少女が出現する。

「ぐが～……お肉……いっぱい……幸せだわ……ぐひひ……」

「……」

今度はエミリアを呼び出してみる。こちらは青い髪の美女だ。彼女もまた俺の眷属となった魔族であるのだが、

「すや～……もうこんなに……食べれないですわぁ……」

「……」

どいつもこいつも……。

なお、呼び出すことはできても、元の場所に戻すことはできないらしい。

俺はそのままここに二人を放置することにした。

第一章 ∴ 魔境の大樹海

「ん？　この上、ちょっと今までと違う感じだな？」

いつものようにダンジョンを広げていた俺《おれ》は、地上の様子の変化に気づいて手を止めた。

【穴掘士】の能力で、地中にいても地上のことが何となく分かってしまうのだ。

「森のようだが……普通の森じゃない気がする」

上方向に地面を掘り進め、地上に出てみる。

するとそこは予想通り、鬱蒼《うっそう》とした森の中だった。

「かなり深い森だな。それになぜか息苦しいというか、身体が重たい感じがする」

ここはファンタジー世界だ。

凶悪な魔物が棲息《せいそく》する森かもしれないし、危険なトラップなどのある森かもしれない。

ダンジョン内と違って、戦闘能力が乏しくなる地上で長居するのはリスクが大きいと判断し、すぐに穴の中に戻ろうとしたときだった。

ザザッ!!

「っ!?」

背後から聞こえてきた物音に振り返ると、木々の隙間《すきま》から何かが飛び出してきた。

全長は三メートルほどあるだろうか。細身で四肢が長く、俊敏そうな身体つき。

見た目から判断するに、恐らくヒョウの魔物だ。

しかも周囲の木々に紛れるような、緑と茶色が混じり合ったような色合いの体毛をしている。

天然の迷彩柄。それゆえ、俺は先ほどから警戒して周りを何度も確認していたのに、ここまで接近されるまで気づけなかったのだろう。

「グルアァッ！」

マズい……この距離じゃ、穴に逃げ込む前に前脚の爪《つめ》が俺の身体に食い込んでしまう。

だが次の瞬間、俺が咄嗟《とっさ》に出した破れかぶれの右足がヒョウの顔面を蹴《け》り上げ、巨体があっさりひっくり返った。

「ギャウンッ⁉」

「あれ？」

予想外の現象に俺は首を傾《かし》げる。

穴の中にいるとステータスが強化されてマンティコアとも戦える【穴掘士】だが、穴の外に出てしまうとゴブリン級と揶揄《やゆ》される程度の強さでしかないのだ。

「どういうことだ？　いや、考えるのは後だ」

ヒョウが起き上がる前に穴に逃げ込まなければ。

ただその前に、ものは試しと掘削攻撃を繰り出してみた。

【穴掘士】のスキル〈無手掘り〉や〈遠隔掘り〉によって、素手で、しかも距離があっても、物質を掘ることが可能なのだ。

だがこれも穴の中での話で、穴から出てしまうと大幅に性能が落ちてしまうはずだが――

ずどんっ！

魔物の身体の一部が消失した。

「穴の外でも十分な威力になってる？　……もしかして、以前よりも【穴掘士】としてのレベルが上がったからか？」

前回、クラスメイトで幼馴染でもある住吉美里《すみよしみさと》にステータスを調べてもらった時点で、俺はレベル24だった。

それからエミリアのダンジョンを攻略したり、マンティコアを倒したりしているし、もっとレベルが上がっているはずだ。スキルも増えたかもしれない。

どうやらゴブリン級のジョブであっても、レベルが高ければそれなりに戦うことができるようである。

俺は再び掘削攻撃を放ち、ヒョウの魔物にトドメを指した。

とその直後、何かが飛んできたかと思うと、俺の身体に絡《から》みついてくる。

「糸？　……また別の魔物か」

今度は蜘蛛《くも》の魔物だ。

このエンカウント率。やはり普通の森ではなさそうである。

それでも掘削攻撃のお陰で蜘蛛の魔物を難なく撃破することができた俺は、いったんダンジョンに戻り、生活拠点まで引き返した。

「それはたぶん、『バルステ大樹海』だと思います」

「バルステ大樹海？」

色々あって俺のダンジョンで暮らすことになった五人の子供たちのうちの一人、シーナによると、どうやらあの森は有名な魔境だという。

バルステ大樹海と名がついてはいるが、王国のみならず、複数の国に跨がるほどの広さがあるらしい。

「えっと、魔境というのは、すご～～く危険な場所のことです。私もあんまり詳しくないですけど……」

魔境には、そこらの魔物とは一線を画すレベルの凶悪な魔物が多数、棲息しているそうだ。

俺が遭遇したヒョウも蜘蛛も、確かに今まで見たことのない魔物だったな。

「なるほど。ということは、魔境の魔物をどんどんダンジョンに誘《おび》き寄せて倒していけば、もっとダンジョンポイントを稼げるってことだな」

ダンジョンを構築する上で必要となるのがダンジョンポイントだ。

これは時間経過で自動的に獲得することも可能だが、ダンジョン内に侵入してきた生物を倒すことでも獲得することができる。

そしてその生物が強力であればあるほど、入手できるポイントも大きくなるのだ。

俺は再びその魔境に戻ると、地下に広めの空間を作成した。

さらに強力な部隊を結成し、そこに配備する。

「これから魔境の危険な魔物をここに誘き寄せるから、全員で力を合わせて倒していくんだ」

「「「にゃっ！」」」

「「「うほうほ！」」」

「「「ぶひぶひ！」」」

「「「くまくまー」」」

威勢のいい返事が返ってくる。

チンチライオンの上位種チンチライオンジェネラルや、イエティの上位種ボスイエティ、マンガリッツァボアの上位種グレートマンガリッツァボア、そしてシロクマモーンの上位種ブラッディシロクマモーンといった、戦闘力の高いモフモフばかりで構成されている。

それとは対照的に、誘き寄せ部隊にはとにかく数を投入した。

「「「ぷぅ！」」」

「「「わう！」」」

「「「くるる！」」」

上位種でもない、ただのアンゴラージ、ポメラハウンド、エナガルーダである。鬱蒼とした樹海では、身体が小さい方がむしろ有利に働くだろう。

軽く百体を超える彼らを、一斉に樹海へと解き放った。

この魔物の誘き寄せ作戦自体は前から行っていたものだが、そのための出入口が人間に見つかってしまったりして、トラブルになることもあった。

「その点こんな危険な場所なら、まず人に見つかるようなことはないだろう」

そんなことを呟《つぶや》いていると、

「ぷううううううううううううううっ⁉」

樹海の奥から猛スピードでこちらへ逃げてくる一匹のアンゴラージ。

早速、魔物を引き連れてきたようだ――


「逃がさない。モフモフ、ぜったい、捕まえる」


――魔物じゃない⁉

アンゴラージを追ってきたのは、一人の少女。

髪を靡《なび》かせながら、俊敏なアンゴラージにも負けない速度で樹海を疾走してくる。

しかもその顔には見覚えがあった。

「って、一ノ瀬《いちのせ》⁉」

一ノ瀬凛《りん》。

この異世界に一緒に転移してきたクラスメイトの一人だ。

芸能人ばりの整った顔立ちながら、かなりの無口で、教室ではいつもずっと一人で過ごしている
女子生徒である。

どこかミステリアスな印象で、それがかえって魅力的なのか、学内でも圧倒的な人気を誇っていた。

「モフモフ、ぜったい、捕まえる」

そんな彼女だが、今は怖いくらい目が爛々《らんらん》と見開いている。

「お、おい、一ノ――」

ギュンッ！

俺を完全にスルーすると、穴の中に逃げ込んだアンゴラージを追って、躊躇《ちゅうちょ》なくダンジョンに飛び込んでいってしまった。

「ちょっと待って！」

慌てて彼女を追いかけた。

ていうか、何でこんなところにいるんだよ⁉

アンゴラージでも逃げ切れないほど、一ノ瀬の足は速かった。だが地上ならともかく、ダンジョン内であれば俺も負けてはいない。

一気に彼女の背中に追いつくと、そのまま抜き去ってやる。

「っ⁉」

「おっ、やっと気づいてくれたか」

一ノ瀬はようやく足を止めてくれた。

この異世界では【魔剣姫】のジョブを授《さず》かった、ドラゴン級の勇者だ。

天野《あまの》たちとは違い、ソロで活動していると聞いていたが……。

「久しぶりだな」

「……誰《だれ》?」

「クラスメイトだよ⁉」

「そういえば。いたような?　……いなかったような?」

「いるから!　穴井《あない》だ、穴井!　穴井丸夫《まるお》!」

周りのことにまったく興味がなさそうなタイプだが、まさかクラスメイトの顔まで覚えていないとは思わなかった。

確かに俺は影が薄い方ではあるが、さすがにちょっとショックである。

「あ。思い出した」

「思い出してくれたか……」

「あなちん?」

「そのあだ名は違う!」

……もしかしたら天然なのかもしれない。

「にしても、魔物を釣ろうとしたら、まさかクラスメイトが釣れるとはな……」

「そうだ。モフモフを追いかけないと」

「って、待てって!」

俺のことは放置して再び駆け出す一ノ瀬。

モフモフに対する情熱が強すぎるだろ！

やがて精鋭部隊を配備した広い空間に出た。

「っ……大きなモフモフが……たくさん……っ！」

一ノ瀬が目を輝かせる。心なしか呼吸も荒い。

普段あまりにも無表情なので『氷の女王』なんて陰で呼ばれたりしている彼女とは、別人かと思うほどだった。

一方、モフモフ精鋭部隊は、魔物ではなく人間がアンゴラージを追いかけてきたので、どうしたものかと戸惑っている。

「あ〜、大丈夫だ。彼女は敵じゃないから。……たぶん」

俺がそう告げると、警戒を解くモフモフ精鋭部隊。

「触らせて……触らせて……触らせて……」

一ノ瀬は鼻息を荒くしながら近づいていく。

その少し血走った目に若干怯《おび》えつつも、精鋭たちは大人しく彼女の接近を許した。

一番近くにいたブラッディシロクマモーンのお腹《なか》に抱き着く一ノ瀬。

「……素晴らしい……ここは天国……もしかして……すでに死んでる……？」

「死んでないから。ていうか、一応相手は魔物だぞ？　もう少し警戒しろよ」

「悪いモフモフなんていない。いたとしても、モフモフに殺されるなら本望」

それからしばらくモフモフを堪能し続けた一ノ瀬だったが、そこへエナガルーダに引きつられて樹海の魔物が現れる。

「シャアアアアアアアッ！！」

巨大なムカデの魔物だ。精鋭部隊が即座に臨戦態勢になる。

「くまくま……」

一ノ瀬に抱き着かれたままのブラッディシロクマモーンは、迷惑そうにしながら彼女を引き離そうとするが、

「……あの魔物のせい？　許さない。殺す」

先ほどまで頬《ほお》が弛緩《しかん》し切っていた一ノ瀬は、殺気の籠《こ》もった目で魔物を睨《にら》みつけると腰の剣を抜いた。

直後、一瞬で距離を詰めた彼女が、ムカデの魔物と交錯する。

「～～～～～～～～～～～～ッ⁉」

ムカデの身体が縦方向に真っ二つに割れ、左右に分離した。

「っ！　気をつけろ！　まだ生きているぞ！」

両断されたにもかかわらず、まだ動いているムカデに気づいて、俺は慌てて叫ぶ。

次の瞬間、斬られたムカデの身体から毒々しい液体が周囲にぶちまけられ、一ノ瀬に降《ふ》り注《そそ》いだ。

間違いなく猛毒の体液だ。あんなものを浴びたら一溜《ひとた》まりもないはず。

だがその毒液は、一ノ瀬に届く前に地面へと落ちた。

よく見ると液体が固体になっている。

「凍らせたのか?」

「そう。私のジョブは【魔剣姫】。魔法と剣を使える。特に得意なのが、氷の魔法」

一ノ瀬は淡々と答えてから、

「もう大丈夫。みんなのことは、私が守るから」

「いや、俺の従魔たちなんだが……」

思わずツッコむ。

「あなちんの?」

「だからそのあだ名は違うって!」

それから俺はこれまでの経緯を説明してやった。

すると一ノ瀬は両の手のひらを合わせて、

「モフモフを……量産できる……? 神か……神はここにいたのか……」

「俺を拝むな」

「これを……」

「お賽銭《さいせん》みたいに金を渡そうとするな」

一ノ瀬凛。どうやら思っていた以上の変人のようだ。

「それよりここは魔境として知られる樹海だぞ? 何でこんなところにいるんだ? しかも見たところ一人だろ?」

「この樹海には、エルフが住んでいる……と聞いた」

「エルフが？」

「そう。エルフ（幼女）に会いたい」

「……今なんか、エルフの後に余計な言葉が入ってなかったか？」

「気のせい」

何だろう……今までの一ノ瀬のイメージがどんどん崩壊していくような……。

「だがソロだと危険だろ」

「それは理解した。魔物のレベルが違う。あと、迷子になってた。かれこれ一週間。食糧も尽きてきて、お腹も空《す》いた」

「遭難してたのかよ……」

仕方なく俺は彼女に食べ物を恵んでやることにした。

ダンジョンの畑で穫《と》れた野菜や養殖の魚などをその場で焼いてやる。

「〜〜〜〜〜〜っ⁉　美味《おい》しい⁉　はぐはぐはぐはぐはぐっ！」

樹海は同じような光景が延々と続いているため、非常に迷いやすく、熟練の冒険者パーティでも遭難して死んでいく人たちが少なくないという。

運良くアンゴラージに遭遇していなければ、一ノ瀬も野垂れ死んでいたかもしれない。

まぁ勇者なので、最悪死んでも生き返ることができるわけだが。

「食べた。生き返った。やはり神」

すっかり腹が膨れたのか、満足そうに言う一ノ瀬。

「この樹海めちゃくちゃ広大だって聞くし、どこにいるかも分からないエルフを、あてもなく探し当てるのは無謀だろう」

「無謀でも、やる。かわいいエルフ（幼女）が私を待ってる。かわいいは正義」

「別に待ってないと思うぞ」

カッコいいように言っているが、実際には色々と残念な感じである。

「まぁ、俺の従魔たちが今、樹海中に散らばってるから、もしそれらしきものを見つけたら教えてやるよ。人海戦術だな。人じゃないけど」

「本当？　やはり神……穴神様」

「勝手に変な呼び方しないでもらえるか？」

そんなやり取りをしている間にも、樹海の魔物が次々と誘き寄せられてきていた。

モフモフたちを守るといって戦おうとする一ノ瀬を制止し、精鋭部隊に撃破させていく。

「……強い。かわいい上に、強いなんて」

「うちの精鋭ばかりを集めているからな」

一ノ瀬も我がダンジョンの精鋭たちの戦力に驚いている。

「わうわう！」

「ん？　集落らしきものを見かけたって？」

「わう！」

そうこうしていると、早速一匹のポメラハウンドから有力な目撃情報が。

「そこまで連れていってくれるか？」

「わう！」

任せておけ、とばかりに咆《ほ》えるポメラハウンドの後を追い、俺と一ノ瀬は樹海を進んでいった。

鼻が利《き》く犬系の魔物だけあって、ポメラハウンドは迷う様子がない。

「……お尻《しり》、かわいい」

小さなお尻と尻尾《しっぽ》を振りながら勇ましく前進するポメラハウンドに、一ノ瀬がうっとりしている。

「グルアアアッ！」

「わうっん⁉」

「殺す」

途中で何度か魔物と遭遇したが、その度に一ノ瀬が瞬殺した。

「大丈夫？　怖くなかった？　もう大丈夫だから」

「わ、わう……」

「この子を怯えさせるやつは、万死に値する」

「くぅん……」

ポメラハウンドはむしろ一ノ瀬に怯えている。

そうこうしているうちに、やがてそれらしきものが見えてきた。

「人工的な石造りの防壁があるな」

「エルフの集落に違いない」

「気をつけろよ？　こんな樹海の奥だし、隠れ住んでいるのかもしれない。そんな場所を訪《たず》ねてくるような人間は、当然警戒されるだろう。下手をすれば危険視されて攻撃されるかも……」

「エルフ幼女どこハァハァ」

むしろ警戒した方がいいやつだな、うん。もはや幼女を隠さなくなったし。

と、そのときである。頭上から複数の影が降ってきたかと思うと、一瞬にして俺たちは取り囲まれていた。

エルフたちだ。

武器を構え、親の仇《かたき》にでもあったかのような鋭い目で俺たちを睨みつけてくる。

そんな中、一人の背の高いエルフ美女が怒りの籠もった声で訊いてきた。

「人族どもめ、我らが里に何をしにきた？」

が堂々とそれに答える。

「エルフ幼女に会いにきた」

「よし、ひっ捕らえろ」


「貴様らの処遇はこれから協議する。それまでこの牢屋《ろうや》の中で大人しくしていろ」

エルフ美女がそう厳しく言い残し、去っていく。

「……どうしてこうなった？」

「どう考えてもお前のせいだろ」

俺と一ノ瀬はそろってエルフたちに捕らえられ、牢屋にぶち込まれてしまったのだ。

「エルフ幼女に会いにきたとか、馬鹿《ばか》正直に言うからだ」

「なぜ？　疚しい気持ちはない。ちょっと軽く抱き締めてくんかくんかさせてもらうだけ」

「アウトっ!!」

いきなり殺されなかっただけでもありがたいレベルである。

「とはいえ、死刑にされるかもしれないけどな」

「それは困る。まだエルフ幼女に会えてない」

「そのモチベーション、どこから来てるんよ……」

まぁ、いざというときは穴を掘って逃げればいい。

牢屋といっても、岩に穴を開けただけの簡単な作りだし、この程度の硬さなら余裕で掘ることができるはずだ。

それにしても、この狭い牢屋に男女二人。しかも相手は学校内でもトップクラスの美少女だというのに……まったくドキドキしない。

「……中身がこれだからな」

「？」

◇　◇　◇

「今すぐ殺すべきだ！　人族に温情など要らぬ！」

「だが彼らはまだ何もしてはいない。聞けば、抵抗することもなく大人しく捕まったというではないか。何も命までも奪わなくとも」

「なにぬるいことを言っているのだ！　人族がこれまで我らにしてきた仕打ちを知っているのか⁉　あの方だって、人族どものせいで……」

「そうだそうだ！　この場所を知られた以上、生かして帰すわけにはいかん！」

エルフたちの議論は紛糾していた。

樹海の中にあるはずのこの里に、突如として現れた二人の人族。

ひとまず牢屋にぶち込んでおいた彼らを一体どう処するか、里の主だった者たちが集まり、話し合っているのである。

そもそもエルフたちにとって、人族は天敵のようなものだ。

過去に多くの同胞たちが人族によって連れ去られ、奴隷にされていた。

見目麗しい彼らエルフたちは、特に性的な奴隷としての価値が高く、法外な値段で取引されるのである。

こんな危険な樹海に彼らが暮らしているのは、そうした人族の毒牙から身を守るためでもあるのだ。

「戦士長シャルフィアよ、お前はどう考える？　やつらを捕らえたのはお主《ぬし》だろう？」

長老格の一人から意見を求められたのは、若くしてこの里の戦士長を務める女エルフだった。

「はい。……私がこの里に何の用だと問うたところ、やつらの一人は『エルフ幼女に会いにきた』と答えました」

「何だと！　やつらめ、我が里の子供まで狙《ねら》うとは……っ！」

「やはり生きて返すわけにはいかん！」

「静粛に。今はシャルフィアに訊いておる」

シャルフィアの言葉に、エルフたちがさらに激昂《げっこう》し、それを長老格のエルフが窘《たしな》める。

「確かに邪《よこしま》な念を感じました。ただ、馬鹿正直に真正面から里に近づいてくるなど、計画性が皆無なところもあり、本当に『会いにきた』だけという可能性もあるかと」

と、そんな彼らのもとへ、一人の若いエルフが慌てた様子で駆け込んでくる。

「む、どうした？　今は会議中だぞ？」

「た、た、大変ですっ！　聖樹がっ……聖樹がっ……」

「なに？　聖樹に何かあったのか？」

この危険な樹海でエルフたちが無事に暮らすことができている最大の理由。

それはこの里の中心にある大木——聖樹が、魔物の嫌がる聖なる気を放っているためだった。

そのお陰で魔物が近づいて来ないのである。

だが報告を受けて、慌てて聖樹のもとへと駆けつけた彼らが見たものは……。

「こ、これはどういうことだ……っ⁉」

普段は青々としているはずの葉の多くが、茶色くくすんでいたのである。

地面には完全に枯れ果てた葉が大量に落ちていた。

聖樹は一年を通して青い葉を茂らせ、特定の季節に大きく落葉するようなことはない。

しかも枝の多くが力なく垂れ下がっていて、明らかに聖樹の様子がおかしかった。

「なぜこんなことに……？」

「まさか、聖樹が枯れかけている……？」

「や、やつらのせいだ！　人族どものせいに違いない！」

「やつらを殺せ！　もはや議論など不要だ！」

原因を人間たちのせいと決めつけたエルフたちは、今すぐ自らの手で彼らを処刑せんと、牢屋へと殺到したのだった。

◇　◇　◇

「何か聞こえる。叫んでるような声」

「え？　……本当だ。喧嘩《けんか》でもしているのか？」

しばらく牢屋で大人しくしていると、何やら外が騒がしくなってきた。

もしかして俺たちの処遇について意見が割れ、それが喧嘩沙汰にまで発展してしまったのでは……などと考えていると、警備についていたエルフが慌てた様子でこちらへ走ってくる。

「うわあああああっ！」

「ブルアアアアアッ！」

「『魔物っ？』」

彼を追いかけてきたのはトロルだった。

でっぷりと太った人型の魔物だが、今まで見たことある個体より一回り以上も大きく、上位種かもしれない。

「ブアッ？」

ただ、身体が大き過ぎて、この狭い牢屋の奥にまでは入り込めないようだ。

途中で左右の壁にお腹がつっかえてしまい、ジタバタしている。

「何があったんだ？」

「ま、魔物が、この里の中に侵入してきたんだ！」

警備のエルフが叫ぶ。

「こんなこと今まで一度もなかった……っ！　聖樹の力で護《まも》られたこの里には、魔物が近づいてくることができないはずなのに！」

「聖樹……？」

「ブルアアッ!!」

どうやらつっかえていた部分を強引《ごういん》に突破してしまったようで、トロルが獲物に餓《う》えた様子でこちらに迫ってきた。

「く、来るなああっ！」

エルフが矢を放つが、トロルの腹の肉が分厚過ぎるのか、突き刺さっても意に介さずに襲いかかってくる。

トロルの大きな手が、エルフの身体を掴《つか》み上げようとした次の瞬間、

「ブア？」

その手が空を切って、トロルが頓狂な声を漏《も》らす。

エルフの姿が掻《か》き消《き》えたせいだ。

正確には、すぐ足元に出現した穴の中に落ちていた。

「え？　え？　え？」

トロルに捕まると思っていたら、なぜか穴の中にいるという不思議な状況に理解が追いつかないようで、そのエルフは混乱している。

「すごい。本当に一瞬で掘った」

「【穴掘士】だからな。得意技だ」

「スコップもないし、距離も離れてるのに」

もちろんその穴を掘ったのは俺だ。

「どうやら大人しく牢屋に入ってる場合じゃなさそうだな」

俺は目の前の鉄格子を掘った。

あっさりと穴ができて、一ノ瀬がそこから飛び出すと、トロルの眉間に剣を突き刺す。

「ブァアアアアアァッ⁉」

絶叫しながら暴《あば》れるトロルだが、その頭部があっという間に凍りついていく。そのまま轟音《ごうおん》と共に地面に倒れ込んだ。

「え？　え？　え？　え……？」

まだ穴の底で混乱しているエルフの頭上を飛び越え、俺たちは牢屋の外へ。

「魔物が……」

里に侵入してきたのはトロルだけではなかったようだ。軽く見回しただけでも、十体以上の魔物があちこちで暴れている。

「シャアアアアアァッ‼」

「「ひいいいいいいっ⁉」」

すぐ近くにいたのは巨大な蛇の魔物。

それが数人のエルフたちに襲いかかろうとしているところだった。

俺たちを捕らえたエルフたちのように、この里にも戦士がいるはずだが、恐らく魔物の数が多すぎて手が回っていないのだろう。

「氷矢」

一ノ瀬が放った氷の矢が、その蛇の側頭部に突き刺さる。

「～～～～～ッ⁉」

痛みで苦悶《くもん》する蛇へ距離を詰めると、一ノ瀬は追い打ちの斬撃を放った。

首を掻き切られ、魔物は血を噴き出しながら地面に倒れ込む。

「大丈夫？」

「っ……貴様はっ、人族⁉　なぜ牢屋から出ているのだ⁉」

「怪我《けが》してる。治療した方が良い」

「だ、黙れ！　誰のせいでこんなことになったと思っている⁉　貴様らだろう！　聖樹に一体何をした⁉」

「聖樹、知らない」

「しらばくれるな！　これまで一度も、こんなことはなかったぞ⁉」

助けてあげたのに、なぜかめちゃくちゃ激怒している。

見たところかなり年配のエルフたちだ。

「だ、誰かあああああっ⁉」

とそのとき、悲鳴を上げてこちらに逃げてくるエルフたちがいた。

男女二人と、まだ小さな子供のエルフだ。しかも女の子っぽい。

一ノ瀬の目が鋭く光った。

「もちろん助ける」

家族と思われるそのエルフたちを追いかけていた狼《おおかみ》の魔物へ真正面から突っ込んでいくと、その脳天に斬撃を叩《たた》き込《こ》む。

「ワオオオオンッ⁉」

断末魔の声と共に倒れ伏す狼。

一ノ瀬はこちらを振り返って、

「もう大丈夫。お姉ちゃんに任せて（リアルエルフ幼女キタあああああああああああああああああっ!!）」

……鼻血が出てるぞ？

「ひ、人族が……我々を助けてくれたのか……？」

エルフのお父さんが、人間に助けられたことに驚いている。

一方、その娘と思われるエルフの女の子は、感動したように目を輝かせた。

「おねえちゃん、つよい！」

一ノ瀬は相変わらず鼻血を流しながら胸を張った。

「そう。お姉ちゃんは強い（エルフ幼女に褒められたあああああああああっ!!　い、今なら抱っこいける!?　いけるかも!?　なんなら、ほっぺにチューしてもらえるまである!?）」

ただし不審者のような目をしている……エルフ幼女、逃げて！

「そ、そうだ……頭に血がのぼって気づかなかったが、我らも助けられたのだ……」

「一体どういうことだ……？」

「この状況は、やつら人族の仕業ではないのか……？」

先ほど助けた年配エルフたちが、今さらながらそんなことを呟いている。まぁ一ノ瀬はエルフの女の子しか見ていないが。

その女の子が一ノ瀬に懇願した。

「おねえちゃんっ……おねがいっ……みんなを、たすけて！」

「任せて（お姉ちゃんがもっと強いとこ見せてあげるううううううっ‼）」

短くも鼻息荒く応じると、一ノ瀬は地面を蹴って猛スピードで駆け出した。そして魔物の群れへと躊躇なく飛び込んでいく。

「しかし明らかに魔物が多すぎるな。できればあまり見られたくはなかったが、この状況だ。そうも言ってられないだろう」

俺はすぐ目の前の地面を掘った。

「「「っ⁉」」」

一瞬で地面に穴が空いて、目を丸くするエルフたち。

俺はさらに掘り進めていく。

途中からもはや手で掘るような動作をせずとも、念じるだけでも掘ることができるようになっていることに気づいた。


スキル〈念じ掘り〉を獲得しました。


「よし、ダンジョンと繋《つな》がったな。出《い》でよ、精鋭部隊」

魔物呼び出し機能を使い、すぐ目の前に従魔たちの精鋭部隊を召喚する。

「な、なんだ、この見たことのないモフモフの魔物たちは⁉」

「人族っ、まさか、お前が呼び出したのかっ？」

驚くエルフたちを余所《よそ》に、俺は命じる。

「この里に侵入している魔物を倒して、エルフたちを助けるんだ」

「「「にゃあ！」」」

「「「うほうほ！」」」

「「「ぶひぶひ！」」」

「「「くまくまー」」」

一斉に駆け出す精鋭たち。

「あんたたちはこの穴の奥に隠れててくれ。外よりはマシなはずだ」

エルフたちにそう告げて、俺もまたその場を離れる。

魔物は一ノ瀬と俺の従魔たちが倒してくれるだろうから、俺は負傷者の救助に専念するとしよう。

◇　◇　◇

「くっ……数が多すぎるっ！　このままでは っ……」

エルフの戦士長シャルフィアは、状況の悪さに顔を顰めていた。

里の中に次々と侵入してくる樹海の凶悪な魔物の数々。

とりわけ防壁の一部が破壊された里の北側が、激戦区と化していた。

どうにかこれ以上の魔物の侵入を防ごうと、シャルフィアをはじめとする多数の戦士たちが奮闘しているが、もはや焼け石に水だ。

今にも彼らが築いた簡易のバリケードが突破されかねない。

そうなると、さらに多くの魔物が里の中へと雪崩《なだ》れ込み、もはや一巻の終わりだ。

「「「ぶひぶひ！」」」

と、そのときである。

背後から聞こえてきた謎《なぞ》の鳴き声に、エルフの戦士たちは戦慄《せんりつ》した。

「後ろから魔物だと⁉」

「しかも見たことない魔物だ……っ！」

「こっちに向かって突進してくるぞ⁉」

豚か、もしくは猪《いのしし》の魔物か。

全身が毛に覆《おお》われているためどちらか判別できないが、凄《すさ》まじい勢いでこちらに迫ってきている。

このままでは前後から魔物に挟み撃ちされてしまうだろう。

絶望するエルフの戦士たちだったが、その直後、信じられない光景を目にすることとなった。

そのモフモフの魔物たちが大きく跳躍し、彼らが築いた簡易バリケードを飛び越えていったのだ。

「「「は？」」」

唖然《あぜん》とするエルフたちの頭上を悠々と巨体が越えていくと、地面に着地。

さらに勢いそのままに、里に侵入しようとしていた樹海の魔物の群れへと突っ込んでいく。

「「「ぶひぶひぶひいいいいいいいいいいいいいっ!!」」」

ドオオオオオオオオオオオンッ!!

「「「～～～～～～～～～～～ッ!?」」」

凄まじい激突音と共に、あっさり吹き飛ばされていく樹海の魔物たち。

その強烈な突進力に、エルフたちは戦慄した。

「樹海の凶悪な魔物が、軽々と弾《はじ》き飛ばされただと……っ!?」

「な、何なのだ、この毛むくじゃらの魔物たちはっ!?」

「しかもあの巨体で、このバリケードを悠々と飛び越えていく敏捷《びんしょう》さっ……」

もしこの魔物たちの牙《きば》がこちらに向いたら、対処することなど不可能だ。

思わず震えるエルフたちだったが、そこで彼らの一人が後方を向きながら声を荒らげた。

「み、見ろ！　里の中にも、見たことのない魔物がいるぞ！」

恐る恐る振り返った彼らは目撃する。

もはや目で追うのもやっとといった俊敏な動きで、里の中を駆け回る虎のような魔物。

信じられない怪力で、樹海の魔物の首を易々《やすやす》と絞め殺す大猿らしき魔物。

そして凶悪な爪と牙で、樹海の魔物を瞬殺していく熊系の魔物。

いずれもモフモフの毛に覆われていて、この樹海では見たことも聞いたこともない種類の魔物たちだった。

「せ、戦士長……我らは一体、どうすれば……?」

「っ……そ、そうだな……」

ただ呆然《ぼうぜん》とその場に立ち尽くしていた戦士長シャルフィアだったが、部下から問われてハッとする。

「あの魔物たちが敵か味方か分からぬが……今は味方だと信じるしかあるまい！　敵意も感じられぬし……何より……か、かわいいというか……危険な魔物には見えぬ！」

「「「はっ！」」」

彼女の判断で、ひとまずモフモフの魔物たちと共闘することに。

そもそも彼らを排除しているような余裕などない。

そんな予想外の強力な加勢（?）によって里の北部の状況が落ち着いてくると、シャルフィアは一部の戦力を引き連れ、中心部へと引き返すことに。

するとそこでも、モフモフの魔物たちが樹海の魔物と戦っていた。そのお陰か、予想していたほどの被害は出ていないようだ。

同胞たちの無残な死体があちこちに転がっている光景を、覚悟していたのである。

「彼らは救世主なのかもしれぬ……。しかし一体、どれだけの数がいるのだ……?　それにどこからこの里の中に入ってきた……?」

シャルフィアが困惑していると、

「は」

「~~~~~~ッ⁉」

頭が完全に凍りついたトロルが、大きな音を立てて地面に倒れ込む。

そのでっぷりと太った腹の上に着地したのは、牢屋にぶち込んだはずの人族の少女だった。

「な、なぜお前が牢屋から出ているのだ⁉」

「エルフ幼女のピンチを救うため」

シャルフィアの叫びにそう答えると、少女はまた別のトロルに飛びかかっていく。

トロルが繰り出す剛腕をしゃがみ込んで躱《かわ》すと、すれ違いざまに大木の幹のような右足を切り裂いた。

「ッ⁉」

その右足が一瞬にして凍りつき、動かなくなる。

隙だらけになったトロルの背中を駆け上がった人族の少女は、その脳天に剣を叩きつけると、今度は頭部が凍っていった。

絶命し、地面に倒れ伏すトロル。

「トロルの上位種、ブラックトロルを瞬殺だと……？　これほどの実力の持ち主だったというのか……？」

あのときは大人しく捕まったが、もし抵抗されていたとしたら、きっとこちら側に大きな被害が出ていただろうと理解し、シャルフィアは息を呑《の》む。

「シャルフィア様！　あそこに負傷者がっ！」

「っ！」

仲間が指さす方を見ると、そこには倒れた同胞の姿があった。足があらぬ方向に曲がっており、一目で重傷と分かる。

だが今はまだ救助に戦力を割いている場合ではない。

こうしている間にも、里に侵入した魔物に襲われている者がいるかもしれないのだ。

そのときである。

「足を負傷して動けないのか？　よし、運ぶぞ」

もう一人の人族がその重傷者のもとへと走ってきたかと思うと、その身体を抱え上げて。

――姿が一瞬で消失した。

「っ⁉　消えた⁉　どこに行ったのだ⁉」

「戦士長！　ここに穴がっ！」

「な、何だ、この穴は……っ⁉」

先ほど同胞が倒れていた場所に空いた謎の穴を発見したシャルフィアは、不可解な現象の連続に理解が追いつかず、頭を抱えるのだった。

第二章 ∴ 女王蜘蛛

「何だ、あのモフモフの魔物たちは⁉　まさか新手かっ⁉」

「いや、樹海の魔物と戦っているぞ⁉　しかもこちらを攻撃してこない……っ！」

「もしかして味方なのか⁉」

俺《おれ》の命令通り樹海の魔物を倒してくれている従魔たちに、エルフの戦士たちが困惑している。

「おっ、怪我《けが》人だな」

倒れて動けなくなっているエルフを発見し、俺は近づいていった。

「大丈夫か？」

「っ⁉　人族っ？　牢屋《ろうや》から脱走したのか⁉」

「足を負傷して動けないのか？　よし、運ぶぞ」

「なっ⁉　やめろ⁉　私に気安く触るなっ！」

「おいおい、暴《あば》れるなって」

「急に穴が⁉　って、うあああああああああっ⁉」

俺は目の前に穴を掘ると、そのエルフを抱えたまま穴の中へと飛び込んだ。

ダンジョンの地面に着地し、少し奥へと走る。穴の中だとステータスが上がるため、抱えているエルフの身体がめちゃくちゃ軽くなったように感じる。

「な、なんだ、ここは……？　しかも同胞たちが……」

「簡易的な避難所だ」

里の地下に作った空間に、俺はエルフたちを避難させていた。ベッドも設置しており、そこに負傷者を寝かせている。

「分かりました！」

「足を怪我しているみたいだ。治療を頼む」

先に避難していたエルフたちに治療を任せ、俺はすぐに地上へと戻ろうとする。

「あ、あのっ！」

「ん？　どうした？」

治療を行っていたエルフに呼び止められて振り返ると、

「この薬草、何なんですか⁉」

「え？」

「怪我が見る見るうちに治っていくんですけど⁉　こんな効果の高い薬草、この樹海でも採取できないですよ！」

「そうなのか？」

俺があらかじめ彼らに渡しておいた薬草。それはこのダンジョンの畑や水田で採取したものだった。野菜などに交じって、時々、勝手に生えてくるのである。

「まぁ細かいことは気にしないでくれ」

説明してもすぐには理解できないだろうし。

そうして再び地上に戻ると、

「あ、穴から出てきた⁉」

「うお、びっくりした」

エルフの戦士たちが待ち構えていて驚く。

「貴様っ、先ほどの同胞をどうした⁉」

いきなり問い詰めてきたのは、俺と一ノ瀬《いちのせ》が捕まったときにいた長身の女性だ。

周りから戦士長と呼ばれていたので、女性ながら戦士たちのリーダーをしているのだろう。

「安全な穴の中に連れていっただけだ。入り口を少し狭くしておいたから、大半の魔物は入ってこれないはずだ。今は他のエルフたちから治療を受けているだろう」

「穴の中……？　他にも同胞たちがいるのか？」

「ああ。もうほとんどが避難したはずだぞ」

「なっ……」

そんなやり取りをしていると、一ノ瀬がやってきた。

「この辺りの魔物は掃討した」

「こっちもほぼ避難完了だ」

さすがにどこかに隠れているエルフまでは捜し切れてないと思うが、まぁ集落内の魔物も減ってきたし、隠れているならそう心配は要らないだろう。

「それより聖樹がどうとか聞いたんだが、それがこの原因なのか？」

俺は先ほどの戦士長エルフに訊く。

「っ、そうだ……っ！　聖樹の葉が落ち、明らかに弱っていた……っ！　恐らくそのせいで里の中に魔物が侵入してきたのだろう！」

「言っておくが、俺たちは何もしてないぞ？　聖樹の存在すら知らなかったぐらいだし」

「だ、だが、今まで一度もこんなことは……」

「そもそもその聖樹が弱ったからって、急にこんな大量の魔物が来るものなのか？　まるでこの集落を狙《ねら》って、あらかじめ待機させていたかのようだが」

「……言われてみれば。だが、あのモフモフの魔物たちは……」

「あれは俺が呼び出した仲間だから関係ないぞ」

「お前の仲間なのか⁉」

そこで俺はあることを思いつく。

「そうだ。その聖樹、俺の薬草で治ったりしないかな？　聖樹が元気にならない限り、いくらでもまた魔物が入ってきそうだし」

「あまり聖樹に人族を近づけたくないのだが……今回は特別だ。お前たちのお陰で、同胞の多くが命を救われたようだしな」

戦士長エルフに連れられ、俺と一ノ瀬は里の中心にあるという聖樹へと向かっていた。ちなみに彼女の名はシャルフィアというらしい。

やがて前方にそれらしき木が見えてくる。それほど背丈のある木ではないが、驚くほど幹の幅があって、かなりの樹齢であることが分かる。

周囲には柵が張り巡らされていて、里のエルフたちでも容易には近づくことができないようにしてあるようだ。

「さすがにこの聖樹のところまでは魔物も来ていないようだ」

安堵《あんど》したようにシャルフィアが言う。

確かに周囲には魔物の死体もなく、柵が壊されたりもしていない。

「しかし、やはり弱っている……このままでは……」

葉っぱのほとんどが地面に落ちて、枝も力なく垂れている。元がどんな感じだったのかは分からないが、確かに弱々しい印象だ。

「一体なぜこんなことに……」

そのとき一ノ瀬が何かに気づいた。

「あそこ、何か伸びてる」

「？」

「あの枝のあたり」

「本当だ。何だ、あれは？　なんか糸みたいな……」

聖樹の枝に絡《から》みついていたのは、白い糸のようなものだ。それはピンと真《ま》っ直《す》ぐ張っていて、向こうの方までずっと伸びている。

「なんか怪しいな。ちょっと辿《たど》ってみるか」

俺たちは薬草をエルフたちに渡し、その白い糸の行方《ゆくえ》を追ってみることにした。俺たちが柵を越えて聖樹に近づくのはダメそうだし、ここにいても仕方ないからな。

「私も付いていこう」

シャルフィアも一緒に来てくれた。

そうして聖樹を離れ、謎《なぞ》の糸を辿っていくと、それはどうやら里の外にまで伸びているらしかった。

防壁を飛び越えて里の外へ出ると、さらにその糸を追っていく。

ガサガサガサガサッ!!

「っ!?　何か来るぞっ！」

生い茂った草木の向こうから飛び出してきたのは、

「む、蜘蛛《くも》の魔物」

「タラントラか……っ！」

全長二メートルを超える蜘蛛の魔物だった。恐らく俺がこの樹海にきてすぐに遭遇したのと同種だろう。

しかし一体だけではない。俺たちの行く手を阻むように、次々と姿を現す。

「気をつけろ！　こいつらの牙《きば》は猛毒を持っている……っ！　僅かでも体内に入ったら最後、数十秒で動けなくなり、数分も経《た》たずに死ぬぞ！」

シャルフィアが注意を促す。

「え、毒があったのか」

もちろん前回はそんなこと知らずに戦った。

「なら、近づかなければいい」

一ノ瀬が一番近くにいた蜘蛛に向けて氷の矢を放つ。それが頭部に突き刺さって、タラントラはあっさりと絶命する。

だが次の瞬間、蜘蛛たちが一斉に糸を放出し、まるで巨大な網を張るように頭上から降《ふ》り注《そそ》いできた。

「……斬れない？」

その網の一部を剣で切り裂こうとした一ノ瀬だったが、強い伸縮性を持っているようで上手《うま》くいかなかった。

さらに粘着力もあるらしく、剣が糸にくっ付いてしまう。

俺たちは蜘蛛の糸の網に捕らわれてしまった。

「動けない」

「くっ……マズい……っ！　これでは逃げることすらできぬっ！」

そうして身動きを奪ったところへ、蜘蛛が殺到してくる。

シャルフィアは短剣で応戦しようとしているが、そもそも糸に絡みつかれて、腕すらまともに動かすことができないようだ。

このままではやつらの毒牙の餌食になってしまう。

まぁ俺は腕が動かなくても穴を掘れるけどな。

真っ先に近づいてきた蜘蛛の頭部が消失する。さらに別の蜘蛛も、俺の掘削攻撃を喰《く》らって倒れ込んだ。

「「「～～～～～～～～～ッ⁉」」」

謎の現象で仲間たちがやられ、接近しようとしていた蜘蛛たちが動きを止めた。

「な、何が起こったのだ⁉」

「あなちんが穴を掘った」

困惑しているシャルフィアに、一ノ瀬が端的に説明する。

「あなりんな？」

いや、あなりんも本当はやめてほしいのだが……。

「そんなこともできるのか⁉　い、一体何なのだ、お前は……？」

「あなりんは【穴掘士】」

「【穴掘士】だと？　そんなジョブ、聞いたことないぞ……？」

蜘蛛の群れはこちらを警戒してか、数メートルほど後退している。先ほど連携して投網してきたときも思ったが、こいつらかなり知能が高いな。

生憎《あいにく》とこの遠隔での念じ掘削攻撃、距離に応じて威力が大幅に落ちていってしまうのだ。この距離では大したダメージを与えられないだろう。

そのとき俺たちの身体に絡みついていた糸が、急激に硬くなってきた。

「これで割れる」

どうやら一ノ瀬が糸を凍らせたらしい。

バキバキッ、という音が鳴って、糸の拘束を逃れる一ノ瀬。

俺とシャルフィアも同じように糸を砕き、身体を解放させた。なるほど、確かに凍らせてしまえば、伸縮性も粘着力も無視して簡単に糸を破壊できるようだ。

「ならば私も、【暴弓士】としての力を見せてやろう」

シャルフィアはそう言って弓を構えた。

「何だ？　風？」

「ん、風が集まってる」

急に周囲に風が吹き始めたかと思うと、それがシャルフィアの番《つが》えた矢へと集束していく。

次の瞬間、凄《すさ》まじい速度で矢が放たれ、射線上にいた蜘蛛数匹をまとめて吹き飛ばした。

「威力すごい」

「これが暴風を操《あやつ》る弓使い、【暴弓士】の能力だ」

残った蜘蛛たちが目に見えて慌て出す。近づいていても離れていてもダメとなれば、もはや打つ手なしだ。

破れかぶれにまた糸の雨を降らせてきたが、一ノ瀬が瞬時に凍らせてしまう。

「同じ手は通じない」

「あっ、逃げ出しやがった」

敵《かな》わないと判断したのか、文字通り蜘蛛の子を散らすように逃げていってしまった。

「だがこれであの白い糸の正体に予想がつくな」

「たぶん、蜘蛛の糸」

「しかもやつら、あの糸の先へと逃げていったようだ。親玉のもとに戻ったのかもしれん」

俺たちは再び糸を辿って樹海の奥へと進んでいく。

やがて見えてきたのは。

「おいおい、めちゃくちゃデカい蜘蛛がいるぞ」

全長およそ五メートル、長い足まで含めると軽く十メートルを超える巨大な蜘蛛が、樹海の木々を薙《な》ぎ倒しながら鎮座していた。

さらに周囲には先ほどのタラントラを三十体近くも従えている。

「まさか、やつはクイーンタラントラではないか……っ⁉」

「クイーンタラントラ？」

「タラントラ種の、最上位種として知られる化け物だっ！　凄まじい繁殖力を持つだけでなく、特殊な催眠効果を持つ毒糸で、他の魔物を操ることができるとも言われている……っ！」

聖樹に絡みついていた糸は、間違いなくそのクイーンタラントラへと繋《つな》がっていた。

どうやらこいつが聖樹を弱らせていた原因らしい。

「倒す？」

「た、倒したいのはやまやまだが、やつの危険度はA……かつてハイエルフの英雄が、命懸けで討伐したとされるほどの魔物だ。今の我が里の戦士たちが総力を挙げても、討伐は不可能だろう……」

「だが放っておいたら、聖樹が完全に枯れてしまうぞ？」

仮に俺の薬草が聖樹に効果的だったとしても、元を断たなければ意味がない。

里に侵入してきた魔物も恐らくこいつの仕業だろうし、今後さらに大群を送り込んでくる可能性がある。

「考えてる時間が無駄。試しに戦ってみる」

そう言って、剣を構える一ノ瀬。

こいつも結構な脳筋だよな……。

「けど俺も同意だ。万一のときは俺が穴を掘るから、それで逃げればいい。あと念のため、毒消し草を渡しておく。やつの毒に有効かどうか分からないが」

この毒消し草も、薬草と同じくうちのダンジョンで採れたものである。

「……お、お前たちも一緒に戦ってくれるのか？」

「おいおい、今さら何言ってんだ？」

「だが、相手は危険度Aの魔物……人族のお前たちが、命懸けのリスクを冒す意味など……しかも我らは、お前たちを捕らえて牢屋に押し込んだのだぞ……？」

「まぁいきなり里に近づいた俺たちも悪かったたし、別に気にしなくていいよ」

「怪しかったから当然」

「特にお前がな？」

シャルフィアはしばし言葉を失ってから、

「どうやら我らは大きな勘違いをしていたようだ。人族の中にも、お前たちのような者がいるのだな」

シャルフィアも戦う覚悟を決めたようだ。

「さっきのを見た感じ、恐らく俺たちの中で一番威力の高い攻撃がシャルフィアの矢だ。俺と一ノ瀬でやつらを引きつけるから、あいつの脳天に強烈なのをお見舞いしてやってくれ」

「了解だ。二人とも、本当に気をつけてくれ。もし無事にやつを倒すことができたなら、今度こそ里で歓待したい」

俺と一ノ瀬が危険な役割を買って出たからこそ心配してくれているのだろうが、俺たちは最悪、死んでも生き返ることができる。

本当に命を大事にしてほしいのは、シャルフィアの方なのだ。

「ああ。……そっちこそ絶対に死ぬなよ」

「無論だ」

「行く」

一ノ瀬が勢いよく飛び出していく。

そして先制攻撃とばかりに、クイーンタラントラへ氷の雨を降らせた。

巨大な身体に降り注ぐ無数の氷塊。

だが身体の表面で弾《はじ》き返《かえ》し、まったくダメージを受けていない。

いきなり攻撃されたにもかかわらず、クイーンタラントラは悠然としている。代わりに周囲にいた蜘蛛たちが、自分たちの女王を守ろうと一斉に一ノ瀬めがけて殺到した。

「氷面」

一ノ瀬が周囲の地面を凍らせる。

蜘蛛は足元がつるつると滑って、なかなか彼女に近づくことができない。

そのときすでに、俺は逆方向からクイーンタラントラへと迫っていた。

その太い脚の一本に、近距離から掘削攻撃をお見舞いする。

「っ……やはり硬いな」

だが僅かにその表面を削れただけだ。

先ほど一ノ瀬が氷を降らせたときも、何か硬いものにぶつかったような音が響いていたし、もしかしたら蜘蛛のくせにカニのような外骨格に覆《おお》われているのかもしれない。

「だとしたら、こいつにダメージを与えるのは簡単じゃないぞ」

とそこへ、俺に気づいた子蜘蛛たちが襲いかかってくる。

糸を網目状に放ってきたが、俺はそれに穴を掘ることで回避。

俺を拘束するのは不可能と判断したのか、今度は毒牙を剝《む》き出し、次々と直接飛びかかってきた。

もちろん接近してきたら頭を掘って撃退できるのだが、さすがに数が多すぎる。

女王を守るためか、どうやら犠牲を覚悟して攻めてきているらしい。

四方八方から押し寄せてくる蜘蛛の集団に、もはや逃げ場もない――

「――地中以外はな」

俺は足元の地面を掘って、ひとまず地中に退避。

ある程度の深さまで行くと、今度は横方向に掘り進め、蜘蛛のスクラムから抜け出したところで地上へと飛び出した。

「「「？？？」」」

急に俺がいなくなったので、蜘蛛は困惑している。

その無防備な背後を狙って、俺は次々と蜘蛛を仕留めていった。

一ノ瀬もまた蜘蛛の大群相手に奮闘していた。

先ほどより氷の地面の面積が増えていて、その上をフィギュアスケーターのようにすいすいと滑りながら、蜘蛛の攻撃を掻《か》い潜《くぐ》りつつ確実に倒している。

あんな戦い方もできるのか……。

そのとき配下の蜘蛛たちだけでは排除できないと理解したのか、クイーンタラントラが動き出した。

その巨大さからは想像できない速さで一ノ瀬に接近すると、長い脚をぶん回す。

「っ！」

すんでのところでそれを回避した一ノ瀬だったが、直後に別の脚が追撃してきた。

「……がっ」

強烈な一撃を喰らって、一ノ瀬が吹き飛ばされる。そのまま勢いよく背後の木の幹へと叩《たた》きつけられてしまった。

「一ノ瀬！」

慌てて駆け寄ろうとしたが、今度はクイーンタラントラのターゲットが俺に向いた。

機敏な動きで方向転換し、こっちに迫ってくる。

だがその前に、木の上からシャルフィアの声が降ってきた。

「喰らうがいい……っ！」

直後、視認すら不可能な速度で、猛烈な風を纏《まと》う一本の矢が一直線にクイーンタラントラの頭へ。

ドオオオオオオオオオオオオオオオオオオンッ!!

響く爆音。吹き荒れる凄まじい暴風。

俺は咄嗟《とっさ》に穴の中へと避難することで凌《しの》いだが、近くにいた子蜘蛛たちが次々と吹き飛ばされていくのが見えた。

そのまま穴を掘り進め、俺は地中から一ノ瀬のところへ。

「大丈夫か？」

「ん、大丈夫。ちょっと痛かったけど。……それより、やった？」

「だといいんだが……」

クイーンタラントラを直撃したシャルフィア渾身《こんしん》の一矢は、その余波だけで周囲の木々を薙ぎ倒すほどの威力だった。

普通の魔物であれば一溜《ひとた》まりもないだろうが、相手は危険度Aの魔物である。

決して油断はできない。

「アアアアアアアアアアアアアアッ!!」

耳障りな音が響き渡った。それはどうやらクイーンタラントラの怒りの咆哮《ほうこう》だったようで、暴風の収束と共に憤然と全身を震わせる巨体が露《あら》わになる。

「っ……まだ生きてやがる！」

「……ちょっと頭が凹《へこ》んだだけ」

一ノ瀬が言う通り、矢が当たったと思われる場所が、心なしか凹んでいる程度。クイーンタラントラの硬い殻は、思っていた以上に高い防御力を持っていたらしい。

「さすが危険度A」

「感心してる場合かよ」

次の瞬間、クイーンタラントラが猛烈な勢いで糸を噴出させた。あっという間に辺り一帯が糸の海と化していく。

「木が枯れていく……っ！」

「こいつに触れたらヤバそうだな！」

俺と一ノ瀬は慌てて距離を取って、その糸から逃げようとする。

「っ⁉　何だ、身体に絡まって……」

「糸？」

だが逃げた先で俺たちを待ち構えていたのは、見えない糸だった。

「こんな糸まで用意できるのかよ」

どうやらあらかじめ、俺たちの逃げ道を塞《ふさ》ぐように糸を張り巡らせていたらしい。

最初なぜか傍観しているだけでまったく動かないと思っていたが、恐らくその間に秘《ひそ》かに準備していたのだろう。

「蜘蛛のくせに、用意周到。でも、見えなくても関係ない」

一ノ瀬が例のごとく糸を凍らせようとする。

「……おかしい？　魔法が……それに、力が……」

しかし一ノ瀬の目の焦点がブレてきたかと思うと、足に力が入らなくなったのか、よろめいてしまう。

それと似たような現象は俺にも起こっていた。

目の焦点が合わず、下手をすれば意識が飛びそうになる。

「……マズいな、毒だ」

この見えない糸にも毒があったのだろう。

恐らくはシャルフィアが言っていた催眠性の毒だ。

「がっ……」

そのシャルフィアも糸に捕まってしまったようで、木の上から落ちてきた。

二人には毒消し草を渡していたが、糸が腕に絡みついているせいで、それを使うこともできないようだ。

俺は必死に意識を保ちながら、念じ掘りで糸の一部を切断していくと、どうにか自由になった右手で毒消し草を口の中へと放り込んだ。

凄まじい苦みが口いっぱいに広がる。

だが同時に眠気が覚めたように、意識がはっきりしてきた。

そのまま全身に絡みつく糸を掘って拘束から逃れると、さらに地面を掘って、ひとまず地中へと避難する。

「……どうしたものか。一ノ瀬もシャルフィアも糸にやられてしまったし、残ったのは俺一人だけ……」

さすがは危険度Aの魔物だ。やはり戦いを挑むにはまだ早かったようである。

正直言って、勝てる気がしない。

――地上ではな。

「だったらやつを俺のフィールドに引き摺《ず》り込んでやるぜ……っ！　よし、ここがクイーンタラントラの真下だな」

地中からクイーンタラントラの居場所を特定し、その真下に陣取ると、俺は頭上を掘って掘って

掘って掘って掘って掘って掘って掘って掘って掘って掘って掘って掘って掘って掘って掘って掘って掘りまくっていった。


スキル〈高速掘り〉が進化し、スキル〈爆速掘り〉になりました。

スキル〈三連掘り〉を獲得しました。

スキル〈マルチ掘り〉を獲得しました。


やがて頭上にあった、十メートル四方ほどの土がすべて消失。代わりに見えてきたのは、クイーンタラントラの腹面だ。

「〜〜〜〜〜〜〜ッ⁉」

足場を失ったクイーンタラントラは、当然ながら俺のいる穴の底まで落下してくる。

ドオオオオオオンッ‼

穴の底に叩きつけられ、一体何が起こったのかと困惑しているクイーンタラントラへ、俺は歓迎の気持ちを込めて告げた。


「ようこそ、俺のダンジョンへ」

俺の出迎えに対するクイーンタラントラの反応は、長い脚を振り回しての攻撃だった。

だがダンジョン内で移動速度が大幅にアップしている今の俺は、余裕でそれを回避。

それどころか、すれ違いざまにその脚を掘ってやった。

ズドドドンッ!!

長い脚の半ば辺りが消失し、先の部分が勢いよく吹っ飛んでいく。

「ッ⁉」

「ん？　なんか今、一度に三回ぐらい掘れなかったか？　……まぁいいや。それより穴の中ならこの硬い脚でも掘断できるみたいだな」

まさか自分の自慢の脚を破壊されるとは思ってもいなかったのか、さすがのクイーンタラントラも焦《あせ》ったように後退《あとずさ》る。

生憎ここは狭い穴の中、すぐに壁にぶつかってしまった。

「残念ながら逃げ場なんてないぞ」

「〜〜〜〜ッ！」

それから俺は次々とその脚を奪っていった。クイーンタラントラも必死に抵抗したが、ついには最後の一本を根元から失い、もはや移動することすらできなくなる。

「さて、後はこの硬そうな頭を掘ってトドメを刺すだけだな」

しかし最後の抵抗とばかりに、クイーンタラントラの身体から噴水ごとく大量の糸が飛び出してきた。

催眠性のある毒糸で、こいつに触れたらまた意識を奪われそうになるだろう。

「だが無駄だ。水中で水を掘ったことがあるくらいだぞ?」

迫りくる糸の波を掘り分けて凌ぐと、身動きの取れないクイーンタラントラの頭に掘削攻撃を叩き込《こ》む。

ズドドドンッ!!

シャルフィアの矢を喰らっても少し凹む程度だったその頭部が大きく抉《えぐ》れた。

「もう一発」

ズドドドンッ!!

「～～～～～～～～～～～～～～～～～～～～～ッ!?」

さらに同じ部分を抉ると、ついに硬い部分を突破したようで、クイーンタラントラが声にならない悲鳴を上げた。

もちろんこれで終わりではない。

俺は容赦なく攻撃を続け、完全に頭を貫いてやった。

頭部に穴を開けられては、さすがのクイーンタラントラも一溜まりもなかったようだ。

ついに絶命したようで、完全に動かなくなる。


――【穴掘士】がレベル49になりました。

その後、地上に戻った俺は、糸に絡まって朦朧《もうろう》としていた一ノ瀬とシャルフィアを救出した。

「クイーンタラントラは？」

「倒したぞ」

「……どうやって？」

意識を取り戻した一ノ瀬が首を傾《かし》げる。

「穴の中に落として、そこで戦ったんだ。【穴掘士】は穴の中でこそ、真価を発揮できるからな」

「チート過ぎる。さすが穴神様」

その呼び方もやめてほしい。

「ば、馬鹿《ばか》な⁉ あんな化け物を、たった一人で倒してしまったというのか⁉ さ、さすがにそんなことはあり得ぬ！」

一方、シャルフィアはなかなか信じてくれなかったので、地中に連れていって死骸を見せてやった。

「脚が全部折れている……？ しかも何だ、この頭の穴は……？ 私の矢では凹ますことしかできなかったのだぞ……？ まさか、私は夢を見ているのか？ まだ奴《やつ》の毒で……くっ、だとしたら早く目を覚ますのだ……っ！」

「いや、夢じゃないから」

どうやら自分がまだ蜘蛛の毒にやられていると思っているみたいだ。

「くっ、誰《だれ》か私の頬《ほお》を殴ってくれ！ 夢ではないというのなら痛いはずだ！」

「さすがにそれは……」

「任せて」

俺が躊躇《ちゅうちょ》していると、一ノ瀬が思い切りシャルフィアの頬をぶん殴った。

「マジで殴った⁉」

吹き飛ばされたシャルフィアがよろよろと起き上がる。

「めちゃくちゃ痛かった……本当に夢ではないようだな」

信じてくれたようだ。

その後、俺たちが里に戻ったときには、すでにモフモフたちが里に侵入していた魔物を全滅させてくれていた。

さらに聖樹のところに行ってみると、

「聖樹が……力を取り戻している……っ！」

シャルフィアが歓喜の声を上げる。

垂れ下がっていた枝が元気を取り戻し、よく見るとあちこちから新芽が顔を出していた。

もちろんクイーンタラントラが伸ばしていた糸もなくなっている。

蜘蛛の毒から解放され、さらに俺の薬草もしっかり効いてくれたようだな。


里の中心にある広場に、全エルフたちが集まっていた。

その数、およそ二百人。俺と一ノ瀬は彼らに取り囲まれるような形で、全員の注目を一身に浴びている。

最初にこの里に来たときの、敵意に満ちたものではない。

尊敬と親愛の眼差《まなざ》しだった。

そんな中、一人のエルフが代表して口を開く。

「この度の魔物の侵入は、クイーンタラントラという魔物の仕業であった！　毒糸によって聖樹の力を奪い、さらに魔物を操り、この里へと送り込んできたのである！　だがとある方々の手でクイーンタラントラは倒され、この里は救われた！　その方々というのは、彼ら人族たちである！」

おおおおおおおおおおおっ、という大歓声が轟《とどろ》く。

「彼らが使役する魔物たちに助けられた者も多いだろう！　それればかりか、驚くべき力で避難場所を作り出し、さらには上質な薬草を惜しげもなく恵んでくれたお陰で、あれほどの事態に遭いながら、被害がほとんど出なかった！　本当に感謝してもし切れぬ！」

そこで一ノ瀬が「彼らというか、全部あなりん」と小さく呟《つぶや》いた。

いや、一ノ瀬も頑張ったと思うぞ？

「貴殿らのような人族のことを、少しでも疑ってしまったことが恥ずかしい。本当に申し訳ない」

深々と頭を下げてくるそのエルフは、この里の長老の一人だという。

人間でいうと八十歳くらいの印象だが、実年齢はなんと三百歳を超えているとか。

エルフは人間より遥《はる》かに長く生き、若い期間もずっと長いのである。

シャルフィアも二十歳くらいに見えたが、実は六十歳らしい。人間なら還暦だ。

ちょっと話が逸《そ》れたが、今回の活躍が認められたことで当初の敵対的な対応とは一転。俺たちを大歓迎し、宴まで開いてくれたのである。広場にはエルフたちの伝統料理が大量に用意されていた。

この里にとっては大変な事件だったが、結果的にはそのお陰でこうして迎え入れてもらえたのだから、俺たちとしてはクイーンタラントラ様様かもしれない。

「おねーちゃん、ありがと！」

「当然のことをしただけ。……ただ、どうしてもお礼をというなら、ハグしてくれてもハァハァ」

「おいやめろまた牢屋に入れられるだろ」

エルフ幼女に鼻息を荒くしている一ノ瀬の頭をひっぱたいておく。

「さあさあ二人とも、好きなだけ飲んでくれ！　我らの里の名物、マッドビーの蜂蜜酒だ！」

そこへ両手に木製のジョッキを手にしたシャルフィアがやってくる。

やたらとテンションが高いのは、お酒が入っているからだろう。すでに顔が赤い。

「あ、俺たち未成年だから飲めないんだ」

「お酒はダメ」

「飲めないのか⁉」

地球でも海外に行ったら現地の法律が適用されたわけだし、そもそも異世界で日本の法律を守る必要なんてないだろうが、一応断っておく。

「そうか……貴殿らは飲めないか……」

シャルフィアがめちゃくちゃ残念がっているが、どうやら自分だけが飲むわけにはいかないと思ったからのようで、

「いや、別に遠慮せずに飲んでくれて構わないぞ」

「本当か？　ならばお言葉に甘えて……」

ちなみにこの宴には、うちの従魔たちも参加していた。ぜひ彼らもと、エルフ側から言ってきてくれたのである。

「それにしても、貴殿が使役するあのモフモフの魔物たちは不思議だな？　聖樹が力を取り戻した後も、普通にこの里にいられるなんて」

疑問を口にするシャルフィア。

「言われてみればそうだな……？」

ダンジョンで作り出した魔物なので、普通の魔物とは違うのかもしれない。

それから本当に遠慮なくお酒をがんがん飲み進めたシャルフィアは、すっかり酔っぱらってしまった。

「私なんて、戦士長なのに、何にもできなかった……やはり私は無力だ……うぅぅ……」

「泣き上戸なのかよ」

涙腺が崩壊し、泣きじゃくる姿に、精悍《せいかん》な女性戦士長というイメージが崩れていく。

「あのときだってそうだ……私は、ミルカ様を護《まも》ることができず……うぅぅ……」

「ん？　ミルカ様？」

「我が里に、数百年ぶりに誕生されたハイエルフのミルカ様だ……七年ほど前、里に侵入してきた人族の賊どもに、彼女を奪われて……ああ、ミルカ様……今、一体どちらに……」

どこかで聞いた名前なんだが？

「ぐごーぐごー」

その後、酔って豪快な鼾《いびき》をかきながら眠ってしまったシャルフィアの代わりに、長老エルフが教えてくれた。

「ハイエルフは神話の時代に生きた、我らエルフの祖先でしてな。今の我々とは比較にもならないほど長寿で、高度な知能と技術を有しておったと言われておる。だがごくごく稀《まれ》に、先祖返りというのか、ハイエルフとして生まれてくる赤子がいるのだ。我が里では数百年ぶりに誕生したその赤子が、ミルカ様であった」

そのハイエルフの赤子は大切に育てられていた。

だが数年後、この里にやってきた人族たちの手によって、攫《さら》われてしまったという。

「やつらを連れてきたのが同胞ということもあって、まんまと里に招き入れてしまったのだ。しかし同胞と思われたそやつも、人族が魔法で化けた姿であった。ミルカ様を奪われたことを知った我らは、必死にやつらを追ったが……」

当時すでに戦士長であったシャルフィアも賊を追い、そしてあと一歩のところまで迫ったという。

しかし敵の一人に返り討ちに遭って、大怪我を負ってしまったそうだ。

「以来、ずっと里から捜索隊を出し、ミルカ様を捜し続けてはおるが……その行方すら分かっておらぬ」

長老エルフは大きく嘆息する。

「だがあの方はハイエルフ。エルフの神々の加護がある。きっと今もどこかで生きておられるはず」

「……なるほど」

ハイエルフのミルカか……。

なんていうか、結構心当たりがあるんだが。

「今はもう十歳になっておられるはず。我らエルフも、さらに長寿であるハイエルフも、二十歳頃までの成長の速さは人族とそう変わりはありませぬ。どんな小さなことでも構いませぬ。人族の街などでもしそれらしき情報を得ることができたなら、ぜひ教えてくだされ」

「めちゃくちゃ心当たりあるぞ」

「もっとも、人族の世界は広い……そう簡単にはいかぬとは重々承知して……え？　心当たりがある？」


俺はエルフ一行を連れて、ダンジョン内を走っていた。

向かう先はもちろん、生活拠点だ。エルフたちにはマンガリッツァボアの背中に乗ってもらっている。

ズドドドドドドドドドドドドドドドッ!!

「な、何なのだっ、このただひたすら真っ直ぐ続いているだけの地下道は⁉」

「俺が掘ったんだ」

「これを⁉　うっ……二日酔いで、吐き気が……」

青い顔で慌てて口を押さえるシャルフィア。

マンガリッツァボアが結構な速さで走っているからな。二日酔いにはキツイだろう。

「というか、何で貴殿はこの速さについてこれる⁉」

俺は普通に自力でそのマンガリッツァボアたちと併走していた。

これでも結構、緩めのペースで走っているつもりなんだが。

「あなりん、もう着く？」

ちなみに一ノ瀬もついてきていた。

エルフたち以上に鼻息が荒く、興奮している。

「見えてきたぞ」

そうして生活拠点へと辿り着いた。

いきなり見知らぬ者たちを連れてきたので、ソファでまったりしていたアズとエミリアが「な、何なの⁉」「何ですの⁉」と驚いている。

一方のエルフたちも、こんな場所に畑や果樹園があることに目を丸くしていた。

「な、なんだ、ここは……？　洞窟の中に野菜や果物が……」

「あっちには家畜がいるぞ⁉」

騒がしいエルフたちの声を聞きつけたのか、子供部屋から子供たちが出てきた。

「客かしら？　随分とうるさいけれど……」

その中の一人、金髪碧眼《へきがん》でクールな少女、ミルカの姿を見つけた瞬間、エルフたちが一斉に叫んだ。

「「「ミルカ様⁉」」」

……うん、やっぱりエルフの里からいなくなったというハイエルフは、うちのダンジョンに住みついた子供たちの一人、ミルカだったようだ。

耳が尖《とが》ってるし、エルフっぽいなとは思っていたが……。

先ほどまで二日酔いでぐったりしていたシャルフィアが、目を潤ませながら近づいていく。

「ああ……ご無事だったのですね、ミルカ様……こんなに大きくなられて……」

戦士長としての役割を果たすことができず、人間の賊に奪われてしまった幼いハイエルフの子供。

シャルフィアはずっとそのことを悔やみ続けていた。

それが今、数年越しに、その子供を見つけ出すことができたのである。

ただ、あろうことかそのシャルフィアを追い越して、真っ先に近づいていく者がいた。

一ノ瀬だ。

「ああ……完璧《かんぺき》すぎるエルフ幼女……じゅるり」

「いやお前は引っ込んでろ」

感動の再会に水を差そうとしていた一ノ瀬《へんたい》を、俺は羽交い絞めで止めた。

邪魔者を排除し、今度こそ感動の再会……と、思われたが。

「誰？」

ミルカは首を傾げた。

「わ、私のことを覚えておられないのですか⁉」

「覚えてないわ」

「そんなっ……」

エルフの里を離れたときはまだ幼かったからだろう。

仕方がないこととはいえ、シャルフィアにはショックが大きかったようで、

「うっ……おえええええええええっ……」


最悪のタイミングで盛大にリバースしてしまった。

……感動の再会はどこに行った？

ミルカは顔を顰《しか》めながら言う。

「……いきなりゲロを吐くような知り合い、いないわ」

「み、ミルカ様ぁ……おえええ……」

その後、ダンジョンで採れた毒消し草を食べさせてやると、シャルフィアの二日酔いがあっさり収まった。

「ダメ元でやってみたが、かなり効くみたいだな。まぁアルコールって、毒みたいなものだし」

すっかり体調がよくなったシャルフィアだが、ミルカの目の前で嘔吐《おうと》してしまったことに酷《ひど》く落ち込んでいる。

「うぅ……やはり私はダメなエルフだ……」

「まぁ元気出せって」

そんな彼女を慰めつつ、俺はミルカに事情を説明した。

「——と、いうわけなんだ。覚えてないかもしれないが、そのエルフの里がお前の故郷みたいだぞ」

「今まで何度かエルフって言われたことあるけれど、本当にエルフだったのね」

話を聞き終えてもあまり驚いた様子はなく、淡々と頷《うなず》くミルカ。

「ただのエルフではありません！　あなた様はハイエルフなのです！」

「……そう」

シャルフィアが勢いよく訂正するが、ミルカの返事はそっけない。

続いて俺はミルカがなぜここにいるのか、その経緯をエルフたちに話した。

「なんと……我が里ばかりか、ミルカ様まで救ってくださっていたとは……重ね重ね、貴殿には感謝しかない……」

シャルフィアは一頻《ひとしき》り俺に頭を下げてから、ミルカの方に向き直ると、

「さあ、ミルカ様。里に帰りましょう。皆があなた様のお帰りを待っておられます」

「帰らないわよ？」

「…………はい？」

ミルカの返答が予想外だったのか、シャルフィアが頓狂な声を漏《も》らす。

「え？　あ？　え？」

シャルフィアはしばし唖然《あぜん》としてから、

「な、何をおっしゃっているのですか、ミルカ様？　あなた様の生まれ故郷で、同胞たちが待っているのですよ……？」

「そう。でも、わたしはここが気に入ってるの。友達もいるし」

はっきりと突っ撥《ぱ》ねるミルカ。

その言葉には明らかに強い意志が感じられる。

「ミルカちゃああああああんっ！」

そんなミルカに駆け寄ったのは、桃色の髪が印象的なリッカだ。

いつもは明るくて笑顔が絶えない彼女が、ミルカに涙目で抱き着く。

「ここにいてくれるのっ？」

話の流れから、もしかしたらミルカとお別れになってしまうかもしれないと思っていたのだろう。

「ミルカちゃん……で、でも、本当にそれで、いいんですか……？」

恐る恐る声をかけたのは真面目《まじめ》なシーナだった。

「私たちには、帰るところがないけれど……ミルカちゃんにはあるんですよ？」

「こいつの言う通りよ。無理にここにいなくても、たまに遊びにくればいいじゃない。あたしたちのために、そう言ってくれるのは……う、嬉《うれ》しいけど……」

勝ち気な少女マインが、少し恥ずかしそうに言う。

するとミルカが本音を口にした。


「一番の理由は、食べ物が美味《おい》しいからだけど」

「「「それが一番か～～～～いっ!!」」」


子供たちが一斉にツッコむ。

「毎日ご飯が楽しみ。お肉も魚も野菜も果物も美味しい。だからどこにも行きたくないわ」

ミルカがはっきりと言う。

確かにうちのダンジョンで採れた食材は美味しいが、どうやら彼女にとってそれは故郷と天秤《てんびん》にかけても上回る魅力だったようだ。

「わ、我らの里の食事も、決して負けていません！　樹海にしかない食材を用いた、他では食べることもできないエルフの伝統料理がございます……っ！」

シャルフィアが必死に張り合う。

「知らないけど、たぶん勝てないと思う」

「そ、そんなことはありませんっ！」

「食べてみたら？」

そんなわけで、なぜかシャルフィアをはじめとするエルフたちに、ダンジョン料理を振舞うことになった。

「というか、そもそもこの洞窟は何なのだ？　マルオ殿が掘ったという話だったが……」

シャルフィアが根本的な疑問をぶつけてくる。

「そういや、まだ言ってなかったか。ここはダンジョンだぞ」

「ダンジョン⁉」

「ただの洞窟に畑や果樹園なんてないだろ」

「ダンジョンにもないだろう⁉」

料理を作ってくれるのはもちろん子供たちだ。

段々と手慣れてきていて、最近では料理の腕もかなり向上している。

非常に手際よく調理が進められ、すぐに良い匂《にお》いが漂ってきた。

「あの小さかったミルカ様が、料理を……」

「エルフ幼女のエキス入り手料理……じゅるり」

成長を実感して涙目になるシャルフィアに対し、邪《よこしま》な想像で涎《よだれ》を垂らす一ノ瀬。

よし、一ノ瀬には食べさせないようにしよう。

「できたわ」

あっという間に三品もの料理が完成し、テーブルの上に並べられた。

前菜のサラダとスープ、そしてメインは魚料理だ。

見た目も香りも美味しそうで、もはやお店で出てくるようなレベルである。

無論、どれもダンジョンで採れた食材を使っている。

「「「いただきます」」」

「ちょっと待て」

勝手に料理に手を付けようとした約三名の招かれざる客を、俺は制止した。

「アズ、エミリア、一ノ瀬。お前たちの分はないぞ」

「何でよ⁉」

「どうしてですのっ⁉」

「あんまりだ」

「エルフたちのために用意されたものだからだよ。ほら、あっち行ってろ」

三人娘を追い払う。

気を取り直して、エルフたちを各々の席へと促した。

「くっ……確かに美味そうだがっ……しかし、見たところどれも人族の料理っ……長き歴史を誇る我らエルフの料理には、敵うはずがないっ……ぱくっ！」

威勢よく料理を口にするシャルフィア。

他のエルフたちもそれに続いた。

「「「うめえええええええええええええええええええっ⁉」」」

響き渡る絶叫の連鎖。

それから彼らは品評することも忘れて、一心不乱に料理を貪り食った。

「……はっ⁉」

シャルフィアが我に返ったのは、皿に付いていたソースすら完全に食べ尽くしてからのことだった。

「どうだった？」

「……」

ミルカの問いに、シャルフィアはしばし沈黙してから、

「私もここに住むううううううううううううっ‼」


えっ⁉

俺が驚いていると、シャルフィアは拳《こぶし》を握り締めながら力説を始めた。

「ミルカ様があそこまでおっしゃるのなら仕方がない！　無理に里にお連れするわけにはいかぬだろう！　それによくよく考えてみたら、里は先日の一件もあって色々と混乱している！　あのクイーンタラントラのような魔物がまた里を襲う危険性がないかどうか、しっかりとした調査も必要だろうからな！　そうでなければ、ミルカ様をお迎えすることなどできぬ！　ここはとても安全性も高そうだし、その意味で非常に安心だ！　無論、私は戦士長として、お傍《そば》でミルカ様を御守りするべきであろう！」

「なるほど。という口実ってことだな？」

「そそそ、そんなことないぞ⁉」

明らかに図星だったようで、目を泳がせながら必死に否定するシャルフィア。

「というわけで、私もここに住む方向でよろしいですね、ミルカ様っ？　私が護衛として傍にいるという条件付きであれば、里の長老たちもきっとあなた様の意向を認めてくださるでしょう！」

「私はそれで構わないわ。故郷とトラブルになるのは面倒だし」

「ありがとうございます……っ！」

シャルフィアは勝手にこのダンジョンへの移住を決めてしまった。

他のエルフたちから「ズルいぞ！」「職権乱用だ！」「俺たちも住みたい！」などというブーイングが巻き起こる。

というか、俺はまだ認めてないんだけどな？

俺の視線からそれを感じ取ったのか、

「ま、マルオ殿！　どうか頼む！　ミルカ様のためにも！」

「本音は？」

「（ここにいたら毎日美味しい料理が食べれる！）」

「心の中の声が丸聞こえなんだが？」

まぁ別に一人くらいいいけど。

「その代わり働いてもらうぞ」

「無論、ここでは貴殿のルールに従う！」

どこぞの役に立たない魔族たちのように、食って寝てぐうたらしてばかりだったら、エルフの里に追い返してやろう。

「あなりん、私もここに住む（そしてエルフ幼女とキャッキャウフフの日々を送る。よく見たら他の子たちもかわいい子ばかりデュフフフフ）」

「一ノ瀬、お前はダメだ」

「なぜ⁉」

「その涎を見れば何を考えているかお見通しだ」

こいつがいたら子供たちが危ない。

そんなわけで、シャルフィアがうちのダンジョンに住むことになったのだった。

「じゃあ、みんな。シャルフィアに部屋を掘ってあげてくれ」

「「「はい！」」」

スコップを掲げ、威勢のいい返事をする子供たち。

「部屋を掘る……？」

首を傾げるシャルフィアの前で、子供たちが壁を掘り始めた。

「ちょっ、ちょっと待て⁉　本当に掘って部屋を作るつもりなのか⁉」

「そうだが」

「そんなこと、ミルカ様にやらせるわけには……って、掘る速度がおかしくないか⁉　しかも掘った土が消えていってるように見えるのだが……」

ものの数秒で、すでに子供たちの個室の半分くらいの広さまで掘ってしまったのだ。

料理だけでなく、穴掘りもかなり上達してきたようである。

そうしてあっという間に部屋ができあがった。大人が利用する部屋だからか、子供たちのものより少しだけ広くて天井《てんじょう》も高い。

俺は迷宮構築を使った。

「入り口に玄関を設置して」

「いきなり扉が現れたぞ⁉」

「さらに寝室に」

「今度はベッドが出てきたのだが⁉」

シャルフィアの反応に、子供たちが「私たちも最初はあんな感じでびっくりしたよね」と頷き合っている。

「ちなみにお風呂《ふろ》とトイレはこっちにあるから好きに使ってくれ。……大人が一人増えたし、ついでに増やしておくか」

男性用と女性用が一つずつだったのだが、女性用のお風呂とトイレを二つにした。

「こんなに簡単に……」

「便利だろ。これがダンジョンマスターの能力なんだ」

「そんなダンジョン聞いたことないのだが……畑や果樹園まであるし、どうなっているのだ……もはやダンジョンというより地下都市ではないか……」

「まぁトラップもダンジョンっぽくないやつだが、ちゃんと魔物も作れるぞ」

ところでクイーンタラントラを倒した際に、俺は大量のポイントを獲得している。

ダンジョン内に引き摺り落としてから戦ったのがよかったな。

そのポイントを消費して、実際に魔物を作り出してみせた。

壁や床から次々とモフモフの従魔たちが出現する。

「あのモフモフの魔物たちはこうやって生み出していたのか⁉」

「そうだぞ。ただエルフの里で戦った連中は精鋭たちだから、ここから魔物強化を使わないといけないけどな」

魔物強化を使用し、従魔たちを強くすることに。

同時に進化が起こり、どんどん巨大化していく。

「里に侵入してきた魔物を倒してくれた魔物が、こんなに簡単に……どう考えてもこのダンジョン内の方が我が里よりも安全だな……」

ちなみに現在、従魔は合計で五百体くらいいる。

ダンジョンの各所で穴を掘ったり魔物を誘《おび》き寄せたり倒したりしているため、この拠点の近くにいるのは五十体ほどだ。

と、そんな感じでダンジョンポイントを使っていると。

『おめでとうございます！　レベルアップしました！　新たな機能が追加されました』

レベルが８に上がったようだ。

第三章：流れるプール

ダンジョンのレベルが8になった。

新たに追加された機能は「トラップ設置Ⅱ」だ。

トラップF（50）
トラップG（60）
トラップH（70）

「増えたのは三種類か。ポイントもまだ余ってるし、早速作ってみるとしよう」

50ポイントを消費し、トラップFを作成する。

すると細長い水堀のようなものが出現した。

「何だ、これは？　養殖フィールドみたいなものか？　いや……この壁や底の青々とした独特な色合いは、まるでアレ……しかも中の水が常に流れているような……まさか……」

流れるプール（50）

トラップG（60）
トラップH（70）

「やっぱり流れるプールだ！」

　せっかくなので飛び込んでみると、外から見ているよりも流れが速い。

　仰向《あおむ》けになってプカプカと浮いているだけでも、結構な速さで流されていく。

「端っこまで来てしまった。水の流れもここで途切れているみたいだな。見た感じ、水の吸い込み口もないし……どうやって流れを作り出しているんだ……？　まぁ、ファンタジー世界だから気にしても仕方ないか」

　この流れるプールを幾つか作り出して、アスレチックなどのある広い遊び場を取り囲むように設置する。

　さらに端と端を繋《つな》いで、途切れないようにした。

「これでぐるぐる回り続けることができるようになったぞ」

　満足しながら流されていると、子供たちがやってきた。

「えっ！　なんかすごいのができてるよ！」

　いつも元気なリッカが流れるプールに気づいて叫んだ。

「お兄ちゃん、これは何っ？」

「流れるプールだ」

「プール？」

首を傾《かし》げるリッカ。

どうやらプール自体を知らないようだ。

「この世界には存在しないのかもしれないな……。簡単に言うと、安全な水遊び場のことだ」

「水遊び場……養殖場とは違うんですか？」

今度はシーナの質問だ。

「養殖場は泳ぐ場所じゃないから」

子供たちはたまに泳いで遊んでいるが。

そう考えると、彼女たちにとってプールは今さら目新しくもないのかもしれない。

「えっと……お魚のいない養殖場ってことですかね……？」

「魚がいないなら、つまらないわ」

「……あんたたち、あんな生臭いところでよく泳げるわよね」

ノエル、ミルカ、それにマインが口々に言う。

「確かに魚はいないが、その代わりこのプールには流れがあるぞ」

「流れ？」

「ほら、見てみろ。こうやってこの場に浮かんでいるだけで……」

「あっ、どんどん流されてく！」

「川みたい！」

「よく見たらぐるっと繋がってる。楽しそう」

「リッカも泳ぎたい！」

我先にとプールに飛び込んでくる子供たち。

「すごいよ！　こんなに速く泳げる！　まるで魚になったみたい！　シーナちゃん、競争だ～～っ！」

「ちょっ、先にスタートするのはズルいですよっ！」

「逆向きに泳いでも流されていくわね」

流れに任せて泳ぎ出すリッカとシーナ。一方、少し変わり者のミルカは一人で流れに逆らっている。いるよね、こういう子。

「ノエルとマインも泳いだらどうだ？　魚がいないから生臭くないぞ」

「……ええと」

「あ、あたしは遠慮しておくわ！」

「何だ？　もしかして二人とも泳げないのか？」

「じ、実はそうなんです……」

「あたしは別に泳げるけど⁉」

どうやら二人とも泳げないらしい。

「泳げるって言ってるでしょ⁉　ただこいつらみたいに、こんなのではしゃぐほど子供じゃないってだけよ！」

「大人もはしゃいでるけどな？」

子供たちに交じってプールに飛び込んだのはシャルフィアだ。

「ミルカ様！　我らも競争しましょう！　もちろんハンデを差し上げますから！　泳ぎには自信があるのです！」

「……わたしよりはしゃいでる」

ミルカに呆《あき》れられているほどである。

「あら、また水場が増えていますわ。でもなんだか不思議な色をしていますわね？」

「お、エミリア。ちょうど良いところに来たな」

元ダンジョンマスターのエミリアだ。

彼女が作っていたダンジョンは水棲《すいせいけい》系の魔物が多く、本人も水系の魔法を得意としている。

「二人に泳ぎを教えてやってくれないか？　どうせ暇だろ」

「そのくらいお安い御用ですわ」

「いつも食って寝てばかりだからな。安くて当然だ」

「そ、それは言わないでくださいまし！」

せっかくプールを設置したのに、泳ぐことができないノエルとマインに、エミリアが泳ぎ方を教えてくれることになった。

「とりあえず二人とも、水の中に入るのですわ」

「で、でも、ここ結構深いですよ……？」

「足が届かないわよっ！」

「その心配は要りませんの……よっ！」

「「っ⁉」」

バシャーンッ‼

エミリアが無理やり二人をプールに放り込んだ。

良い大人は真似《まね》しないように！

「な、何をするのよっ⁉　足がつかないって言ったでしょ⁉　……あれ？」

「身体が……勝手に浮いてる……？」

バシャバシャと暴《あば》れていた二人だが、いつまで経《た》っても身体が沈んでいかないことに気づいて大人しくなった。

「あたくしが水を操《あやつ》って、浮くようにしてあげたんですの。これで溺れる心配はありませんわ。まずはそのまま自分なりに軽く泳いでみてくださいまし。それを見てから、泳ぎ方を修正していきますわ」

なるほど、そんなやり方があったとは……。思わず感心してしまった。

ノエルとマインのことはエミリアに任せ、俺《おれ》は続いてトラップGを作成することに。

「これは……スケートリンク？」

出現したのは氷でできた床だった。

流れるプール（50）
アイスリンク（60）
トラップH（70）

「遊べる場所でもあるけど、トラップらしいトラップでもあるな」

乗ってみると、普通の靴でもそれなりに滑る。

スケートなんて人生で一回しかしたことがないが、身体能力が強化されてバランス感覚もアップしているためか、すいすい滑ることができた。

「ぷぅぷぅ！」

「お前も滑ってみるか？」

「ぷぅ！」

アンゴラージがアイスリンクに勢いよく飛び乗った。

「ぷぷぷぷぷっ！」

ツルツルツルツルツルツルツルッ!!

「ぷぅっ!?」

アイスリンクの上で懸命に走って、まったく前に進まないことに愕然《がくぜん》としている。

「走るんじゃなくて、滑るんだよ。ほら、じっとしてな」

俺はアンゴラージの身体を押してやった。

ツル～～～ッ！

「ぷぅぅぅぅぅっ⁉」

自分の意思とは裏腹に、勝手に進んでいく現象に驚いている。

うーん、相変わらず可愛《かわい》い生き物だな。

「このアイスリンク、坂とかに作ったら完全なトラップになるな。そして落ちていった先に魔物の大群が待ち構えているとか」

そんなことを考えつつ、最後のトラップHを作成した。

「今度は何だ？」

現れたのは道路のようだった。

ただ真《ま》っ直《す》ぐ伸びているだけで、長さは百メートルほど。

「いや、この道、よく見たら動いているぞ？　もしかして動く歩道か」

流れるプール（50）
アイスリンク（60）
エスカレーター（70）

エスカレーターといえば階段状だが、この場合は水平式のようだ。

「これを敷いておけば、ダンジョン内をもっと早く移動できるようになるかもな」

「丸夫《まるお》殿、実は拙者の商会、他の都市にも店を構えたいと考えているでござるよ」

ある日、俺のクラスメイトの勇者で【商王】のジョブを持つ坂口金之助が、そんなことを言ってきた。

金ちゃんと呼んでいる彼は、俺たちが召喚されたバルステ王国の王都で、商売人をしているのである。

俺のダンジョンで採れた食材などを販売することで、順調に業績を伸ばしているらしい。最近は寿司店《すしてん》もスタートし、大人気になっているとか。

「そうなのか。好調そうで何よりだ」

「丸夫殿のお陰でござるよ。それで実は、一つお願いがあってでござるな……」

「もっと収穫量を増やしてほしいってことか？」

「それもあるでござるが……実は、輸送方法についてでござる」

「輸送方法？」

金ちゃんが新たにビジネスを展開しようとしているのは、王国内でこの王都に次ぐ規模を誇る都市だという。

だがそこは王都から遠く、商品をのんびり馬車で運んでいては、ここで仕入れた食材の鮮度を保てないそうだ。

「街道には盗賊なども出るでござるから、護衛も必要でござる。どうしてもコストがかかるでござるよ。……そこで、でござる」

「ダンジョンを通じて、その都市と繋げてほしいってことか」

「その通りでござる！　地下から直線距離で行けば、時間もかなり短縮できるはずでござる！」

「なるほど。そのくらい別に構わないけど」

「本当でござるか⁉」

「というか、たぶんもうすぐ近くまで掘ってると思うし」

「……へ？」

従魔たちに穴掘りをしてもらうことで、俺は直線ルートでダンジョンを広げまくっていた。

この生活拠点を中心として、ちょうど時計の数字と同じように、均等に十二方向に掘り進めている。

「ちなみにその王国第二の都市って？」

「アンテール公爵が治めるモルガネという都市でござるが……」

その名前には聞き覚えがあった。

美里《みさと》に写させてもらった地図にも載っていたはずだ。

「時計で言うと、北を12時として、だいたい10時の方向か。すでに俺のダンジョンが、街のすぐ近くを通っているはずだ。後は少し伸ばして、こっちみたいに商会の地下と繋げてしまえばいいだけだな」

「モルガネまでここから百キロ以上はあるでござるよ……？　そこまでこのダンジョンが続いている……俄《にわ》かには信じがたいのでござるが……」

「南はバルステ大樹海にまで到達してるぞ」

「バルステ大樹海⁉　二百キロは南ではござらぬか⁉」

ちなみにバルステ大樹海はおおよそ5時の方角だ。

「(場所によってはすでに、他国の領内にも入っているのでは……？　国境を越えて続くダンジョンが、王都の地下にまで直通している……万一その存在が公になったとしたら、国家間の紛争にも繋がりかねない話でござるな……うむ、考えたくもないでござる)」

なぜか急に押し黙ってしまう金ちゃん。

「どうしたんだ？」

「な、何でもないでござるよ」

「そういえば最近そこで一ノ瀬《いちのせ》にも会ったぞ」

「一ノ瀬殿でござるか？　ソロで冒険をしているとは聞いていたでござるが、それ以上の情報がまったくなくて、みんな気にしていたでござるよ」

「一応、元気そうにしていたぞ」

その一ノ瀬は恨めしそうにしつつも、ダンジョンを去っていった。今はまたどこかで可愛いものでも探していることだろう。

「せっかくだし、今からモルガネまで行ってみるか？」

「それはありがたいでござる。実はまだ一度も行ったことがないのでござるよ。現地視察をしておきたかったでござる」

「うちのマンガリッツァボアに乗っていくといいぞ」

正確にはマンガリッツァボアを進化させたグレートマンガリッツァボアだ。全長は五メートルを超え、小型トラックにも勝る大きさである。

「ぶひぶひ」

「こ、これは豚の魔物でござるか?」

「いや、猪《いのしし》だぞ、一応」

秘書のメレンさんと一緒に、マンガリッツァボアの背中に乗る金ちゃん。

「まるで高級ソファのような座り心地ですね。横になって寝たらとても気持ちがよさそうです」

メレンさんがうっとりと評する。

「丸夫殿は乗らぬでござるか?」

「ああ、俺は走った方が早いからな」

「走るって、百キロ以上あるのでござるよ……?」

樹海から二百キロ走って戻ってきたくらいだし、そのくらいは余裕である。

それから実際にマンガリッツァボアと併走してみせて二人に驚愕《きょうがく》されつつ、やがて都市モルガネから一番近いところまでやってきた。

いったん地上に出てみる。

「あれがモルガネか」

「本当についてしまったでござる……こんな短時間で……」

遠くにそれらしき都市が見えた。王都に次ぐ規模の大都市というだけあって、立派な城壁で護《まも》られている。

そこからは歩いて向かい、城門を通って都市内に入った。

「道がぐちゃぐちゃしてて、王都よりも雑多な感じの街だな」

統一性がまったくなく、後から継ぎ接《は》ぎしたような建物が並んでいる。大通りですらグネグネ曲がっているし、路地はもっと入り組んでいそうだ。

「けど、かなり活気がある」

「交通の要衝にあって、昔から商売の盛んな都市らしいでござるよ」

下町といった印象の街だな。

もちろん王都にもそうした地域はあるが、この街は丸ごとこんな感じらしい。

「街中に壁があるぞ?」

「何度も都市を広げている関係で、街中に古い城壁がたくさんあるのです」

「へえ」

メレンさんはこの街に来たことがあるそうだ。

「殺しの仕事で」

「そ、そうですか……」

詳しいことは聞くまい。

「ええと、確かこの辺りのはずでござるが……。一応、事前に信頼のおける部下を派遣しておいたのでござるよ。支部にできそうな建物を押さえてくれているはずでござる。あっ、ここっぽいでござるな」

結構新しい建物だった。

しかもこの雑多な街中にあって、比較的整った一帯にある。どうやらここモルガネでは、高級ビジネス街といった感じの区域らしい。

中に入ると、部下らしき男が驚いたように叫んだ。

「商会長⁉　なぜこちらに⁉」

「ちょっと軽く視察に来たでござるよ」

「軽くという距離ではありませんよ⁉　おっしゃっていただければ、出迎えに参りましたのに……」

「それには及ばぬでござるよ。それより、地下倉庫はあるでござるか？」

「ええ、もちろんです！　ご要望通り、十分な規模の地下倉庫のある建物を選びましたので！」

「ご苦労でござる」

相手は三十代半ばくらいだろうか。

商会長なのだから当然といえば当然だが、同級生が年上からこんな低姿勢で応対されているなんて、なんだか不思議な感じだ。

……まぁ、金ちゃんは貫禄《かんろく》があるから、この部下の人と同年代くらいに見えてしまうが。

「ところで商会長、今は寿司店用の物件を探しているところなのですが……一体どうやってこの街まで食材を運んでくるのですか……？　てっきりこちらでは日持ちのする食材や、加工品などを販売するのかと思っていたのですが、魚となるとさすがに……」

「その心配はないでござるよ。ものの数時間ほどで、ここまで運べる手段があるでござる。それなら食材を凍らせておけば、十分に鮮度も保てるでござるよ」

「そ、そんな方法がっ……？」

「詳しいことは明かせぬでござるが……とりあえず地下倉庫に案内してくれるでござるか？」

「はいっ！」

そして地下倉庫へ下りていくと、部下の男性には退出してもらった。

金ちゃんが一体どこから食材を仕入れているのか、商会の幹部たちにも教えていない。

うちのイエティたちを利用し、夜明け前に地下の倉庫へと運び出しているのだ。

「怪しまれたりはしないのか？」

「拙者のジョブによるものだと噂《うわさ》されているでござるよ。その方がむしろ好都合でござるから、あえて否定していないでござる」

「なるほど」

頷《うなず》きつつ、俺は地下倉庫の床を掘った。

「この硬い床を一瞬で……しかも今、掘る動作すらしなかったように見えたでござるが……？」

「ああ。もう念じるだけで掘れるようになったんだ」

「念じるだけで……」

ガンガン掘り進めていく。

「い、以前より遥《はる》かにペースアップしていますね……」

ある程度の深さまで掘ったら、今度は横方向へと掘っていった。

そのまま真っ直ぐ掘り続けていくと、街の近くを通過していた俺のダンジョンにぶつかる。

「これで食材をダンジョン経由で運んでこれるでござるな」

「いや、わざわざ運んでくるより、こっちにも畑とかを作った方が早いだろ」

「え？」

◇　◇　◇

「何だ、この穴は……？　街の近くにこんなものあったか？」

「分かりません。かなり奥まで続いているようですが……」

モルガネを拠点として活動中の冒険者パーティ。男女の四人組からなる彼らは、とある依頼をこなすため、目的地へと向かっているところだった。

そんな折、たまたま謎《なぞ》の穴を発見したのである。

入り口の付近は下り坂になっていて、大きさは大人が立って歩いても問題なく通れるくらいあった。

好奇心の強いメンバーの一人が、穴の奥を覗《のぞ》き込む。

「面白《おもしろ》そうっすね！　ちょっと入ってみていいっすか！」

「魔物の巣かもしれん。気をつけろよ」

警戒しながらも一行はその穴に足を踏み入れた。

大きな盾を持つメンバーを先頭に、穴の奥へと進んでいく。

「む、行き止まりか？」

「いや、左右に道が繋がっている。T字路になっているようだ」

「しかもこの道、かなり広いっすね？」

行き止まりかと思いきや、左右に道が続いていた。ここまで歩いてきた穴より天井《てんじょう》が高く、横幅も大きい道だ。

「それにしても、めちゃくちゃ真っ直ぐな洞窟だな……？　自然にできたとは思えないぞ」

「ってことは……ダンジョンの可能性もあるってことっす？」

と、そのときである。

索敵能力に長《た》けたメンバーが、いきなり叫んだ。

「ぜ、前方に何かいます……っ！　しかもこっちに近づいてきています……っ！」

「何だとっ？　くっ、魔物かっ？」

すぐさま迎え撃つ陣形を整える一行。その素早さは熟練の域に到達しており、幾多の修羅場を潜り抜けてきたことが窺える。

そんな彼らの前に、奥から姿を現したのは。

「ぶひぶひぶひぶひ」

「「「何だこいつ⁉」」」

全身毛むくじゃらの謎の魔物だ。

鳴き声からして豚の魔物のようにも思えるが、冒険者として様々な魔物と遭遇してきた彼らであっても、こんな魔物の情報は頭になかった。

「気を付けろっ！　見た目からして突進力に長けたタイプの魔物だ！」

「はっ……トリケラライノゥの突進すら受け止める、俺のガードスキルにかかれば――」

「ぶひっ」

「――あばっ⁉」

ドオオオンッ‼

「「「～～～っ！？」」」

大盾を構えて魔物の攻撃を受け止めようとした仲間が、あっさり跳ね飛ばされて後方に消えていった。

「に……」

「「「逃げろおおおおおおおおおおっ！」」」

一瞬で敵《かな》わない相手だと理解した彼らは、踵《きびす》を返して走り出す。この素早い撤退判断も、冒険者にとって必要不可欠な能力だった。

途中で吹き飛ばされた仲間を回収しつつ、先ほどのT字路から元の道へと駆け込む。

そこからはかなり狭くなっているので、あの大きさの魔物ではそう簡単に追ってこられないだろう。

背後から追いかけてくる気配はなかったが、彼らはそのまま急いでその謎の穴から脱出。

さらに十分な距離を取ったところで、ようやく安堵《あんど》の息を吐いたのだった。

「さすがにもう大丈夫そうですね……。でも、あの穴……さっきの魔物の巣って感じじゃなかったですし……」

「あ、明らかにダンジョンっぽかったっす……」

「街のすぐ近くに、謎の魔物が出現する未発見のダンジョンが……うん、もはや依頼どころじゃないな。いったん街に引き返そう。すぐに冒険者ギルドに戻って、報告しなければ」

◇　◇　◇

「できたぞ。畑と果樹園と養殖場と水田と、それから畜産場だ」

「あっという間に造ってしまったでござる⁉」

金ちゃんがモルガネに支店として購入した物件。その地下倉庫のさらに地下に広い空間を掘り、そこを農場にしたのだった。

「これならわざわざ食材を運ぶ必要もないだろ。後はうちのイエティたちを使って、いつも通り収穫してもらえばいい」

ちなみに地下倉庫と農場を繋ぐ通路には、トラップである玄関を設置。

ドアの鍵《かぎ》は農場側についていて、地下倉庫側からは鍵がなければ開けることができないようになっている。

これで従業員が勝手に農場の方に入ってくる心配はない。

あとは早朝のまだ誰《だれ》も出社してきていない時間帯に、イエティたちが地下倉庫に収穫物を運び入れておけばいいだけだ。

「後は金ちゃん、ダンジョンを通って行き来したかったら、いつでもマンガリッツァボアを使ってくれていいぞ」

「なんていうか、至れり尽くせりでござるな……拙者が自分で商売をしているというより、もはや丸夫殿の代わりにやっていると言っても過言ではないでござる……」

「キンノスケ様、むしろ最初からそうだったかと」


都市モルガネにダンジョンを繋げた数日後、今度は天野《あまの》たちがダンジョンにやってきた。

クラス一のイケメンにして脳筋、天野正義《まさよし》がリーダーをしている四人組で、全員がドラゴン級の勇者たちで構成されたパーティだ。

しかしなぜか沈鬱《ちんうつ》な顔をしているので、何かあったのかと心配していると、

「この子たちを、返却しようと思って……」

「くるる……」

哀《かな》しそうに鳴いたのは、以前、天野にあげたエナガルーダだ。

すっかり天野に懐いたらしく、肩に止まって頬《ほお》にすり寄っている。

「ええと、どういうことだ？」

「さすがにこれ以上、この子たちを連れて冒険をするのは難しいと思ったんです」

俺の幼馴染みでもある住吉《すみよし》美里が言う。

彼女にはポメラハウンドを、そしてギャルの神宮寺《じんぐうじ》詩織《しおり》にはアンゴラージをプレゼントしていた。

なお、最後の一人、教師の大石諭史には何もあげていない。

「私たちもレベルが上がってきて、戦う魔物も強くなってきました。それ自体は良いことですけど、そのせいでこの子たちが危険に晒《さら》されることも多くなってきてしまったんです」

「……なるほど」

彼らにあげた魔物たちは、逃げ足こそ速いものの、戦闘力は皆無だ。

弱い魔物が相手ならともかく、強い魔物との戦闘中に、運悪く流れ弾でも喰《く》らってしまったら、それだけで死んでしまいかねない。

「だったら、魔物強化を使って強くさせてやろうか？　まぁちょっとデカくはなってしまうが」

「いいえ、それも難しいんです。実は、当初は普通に連れ歩いていたので、ちょっとした話題になっていたんですが、そのせいで危ない人間に狙《ねら》われるようにもなってしまいまして……」

どうやら希少な魔物と考えられ、連れ去ろうとする者が現れたのだという。

それ以来、できるだけ街中では姿を隠すようにしているそうだ。

「このサイズなので隠せますけど、大きくなるとさすがに厳しくて」

「そういうことか」

とそこで、神宮寺がいきなり叫んだ。

「やっぱごらたんと別れるなんていや～～っ！　ずっと一緒に居たい～～っ！」

「ぷぅ……」

アンゴラージを抱き締め、涙まで流している。

ごらたんというのは名前らしい。

「ここに来ればいつでも会えるんだし、大袈裟《おおげさ》だな」

「そう言う問題じゃない～～っ！　この子と一緒じゃないと眠れないし！　冒険もしたくない～～っ！」

散々渋りまくった神宮寺だったが、最後は天野や美里の説得もあって、どうにかごらたん、もといアンゴラージを手放すつもりになったようだった。

「うぅ……ごらたん、また会いにくるからねぇ……」

「ぷぅぷぅ！」

「がるるも、必ずまた会おう！」

「くるる！」

「……ぽーちゃんも、元気でいてください。絶対また来ますから」

「わうわう！」

……天野と美里も名前を付けていたらしい。

うーん、図らずも重大な役目を押し付けられてしまった。この様子だと、もしこのモフモフたちに何かあったら殺されかねない。

たとえ死んでも代わりはいくらでも作れるのだが、別の個体ではあっさりバレてしまうだろうかな。

「どうやって見分けんのよ？　まったく同じでしょ」

アズが呆れたように言ってくるが、俺はきっぱりと否定した。

「いや、よく見たらちょっとずつ違うから。ほら、このアンゴラージはほんの少しだけ左耳より右耳が長いだろ。こっちのポメラハウンドは他の子より常にちょっとだけ前傾姿勢だ」

「全然分かんないわよ！」

なお、天野たちはこれからとあるダンジョンに挑むつもりらしい。

「『試練の塔』と呼ばれ、古《いにしえ》の大賢者が作り出したとされる、非常に珍しい人工のダンジョンなんです」

そこには希少な装備やアイテムが数多く眠っているようで、普段は立ち入りができないよう、厳重に封鎖されているという。

だが彼ら勇者パーティのこれからの冒険に必要だろうと、特別に王宮が立ち入りを許可してくれ

たそうだ。

「無事に戻ってこれたらまた来ますから……女の子を増やしたりしないようにしてくださいね？」

……言えない。

最近また一人、女性の住民が増えたということなんて。

幸いシャルフィアは今、子供たちとプールの方で遊んでいるので、見えるところにはいない。

「あ、ああ、もちろんだ」

俺はただ力強く頷いておく以外になかった。

◇◇◇

夜明け前。

まだ街が深い眠りに沈んだこの時間に、とある新興商会の本部建物の中を、息を殺して進む人影があった。

「（今日こそこの商会の秘密を突き止めてみせる。そのために私はこの商会に潜入して、今までごく普通の従業員のように振舞ってきたのだ）」

まだ若い男だ。

数か月前からこの商会で働き始めると、その真面目《まじめ》な仕事ぶりが評価され、段々と重要な仕事を任されるようになってきていたところだった。

しかし実は、彼はこの新興商会のことをよく思わないライバル商会が送り込んだスパイだったのである。

「(朝になると、いつの間にかここの地下倉庫に食材が置かれている。だが一晩中ずっと建物を見張っていたこともあるが、中に何かが運び込まれる様子はなかった。一体どこからどうやって運び入れているのか。そしてあの食材をどうやって仕入れているのか……)」

噂では、勇者でもある商会長の能力によるものだと言われている。

確かに【商王】は、商人系の最上級ジョブだ。

だがいくら何でも、何もないところから食材を生み出すことができるはずがない。

商人である以上、どこかに仕入れ先があるのは間違いなかった。

「(その秘密が、この地下倉庫にあるはず……)」

幸い昨日は商会長とその秘書が不在だった時間に、こっそり商会長室へと忍び込み、地下倉庫の鍵の型取りに成功したのだ。

「(ん？　中から何か物音が聞こえてくる……？　誰もいないこの時間に、やはりここで何かが行われている……っ！)」

興奮を必死に抑えつつ、彼は複製したその鍵を使って静かにドアを解錠する。

そして息を殺して倉庫内を覗き込んだ。

「(だ、誰かいるぞ……？　しかも複数……人間……？　いや、それにしては、大き過ぎるような……)」

そこにいたのは人間ではなかった。

全身が毛に覆《おお》われた、謎の人型生物だ。

「～～～～～～～～～～～～～～～っ⁉」

思わず悲鳴を上げそうになったのを、どうにか堪えた。

恐らく普段はそれで隠されているのだろう、大きなコンテナが置かれているはずの床に、穴が空いていた。

謎の生き物たちはそこを出入りして、食材をこの倉庫に運び入れているらしい。

あの穴の奥はどうなっているのか。

それを確かめたかったが、さすがにこれ以上は厳しそうだ。

今日のところはいったん引き返そう。

そう思って、ドアを閉めようとしたときだった。

「ふふふ、逃がしはしませんよ？」

「ひっ⁉」

背後から聞こえてきた声に、今度こそ悲鳴を漏《も》らしてしまった。

慌てて振り返った彼が見たのは、商会長の秘書だった。

手にはナイフのようなものを持っていて、普段の彼女とは纏《まと》う気配がまるで違う。

美人秘書として知られている彼女だが、今はその笑みが恐ろしかった。

彼の直感が、凄《すさ》まじい警鐘を鳴らしている。

気づいたときには懇願していた。

「ま、待ってくれっ……い、命だけはっ……どうかっ……」

「いえ、これを見られてしまったからには、無事で帰すわけにはいきません。もちろんその覚悟で、この時間に忍び込んだんですよね？　いえ……従業員として潜入したのですよね？」

「〜〜〜〜っ⁉」

とっくに見抜かれていたのだ。

そうと悟った彼は、戦慄《せんりつ》のあまり腰が砕けてその場に崩れ落ちてしまう。

「怖いでしょう？　でも大丈夫ですよ。一瞬で終わりますからね」

そんな声が聞こえてきたと思った次の瞬間にはもう、彼の意識はブラックアウトしていた。


「それで、どうされますか、キンノスケ様？」

気絶した男を見下ろしながら、メレンは訊《たず》ねた。

「まず間違いなく、ライバル商会が送り込んできたスパイでござろう。ここは逆に利用してやるでござるよ」

「利用、ですか？」

「こちらが意のままに操れる味方にしてから、送り返してやるでござるよ」

「なるほど。ですが、どうやって洗脳するのでございますか？　【暗殺者】のわたくしは、人を殺すのはできても、そうした技術はありませんが……」
「大丈夫、拙者に考えがあるでござるよ」

第四章 ✦ アンデッドエリア

「ん、何だ？　この上……やけにどんよりとした空気だな」

いつものようにダンジョンの拡張作業に精を出していると、地上の気配が変化したのを感じ取った。

どうやらこれも【穴掘士】のスキルの一つらしく、地上のことが感覚で分かってしまうのだ。

生活拠点からは、南西の方向にかなり進んだ辺り。

地図によれば、すでに王国の領地から外れているような場所かもしれない。

地上に出てみると、思っていた以上に薄暗い世界が広がっていた。

「まだ日中のはずだよな？　曇っているにしても、さすがに暗すぎないか？　ほとんど夜のようだが……」

単に暗いだけではない。なんとなく辺り一帯に嫌な気配が漂っていて、今すぐ穴の中に戻りたくなるほどだ。

と、そのときである。

突然、地面がボコボコと盛り上がってきたかと思うと、腕が飛び出してきた。

「っ⁉」

大地から生えてきた謎《なぞ》の腕に驚いていると、さらに頭部、胴体、そして足——

「あ〜う〜あ〜」

「なるほど、アンデッドモンスターか」

不気味な呻《うめ》き声と共に地面の中から這《は》い出してきたのは、腐乱した人型の魔物ゾンビだ。

風に乗って悪臭が漂ってくる。

「気持ち悪っ……」

ずどんっ。

遠隔での掘削攻撃で頭部を消し飛ばす。

するとゾンビはその場に倒れ込んだが、それで動きが止まったりはしなかった。

頭部が消失したというのに、そのまま這ってこちらに近づいてきたのだ。なかなか悍《おぞ》ましい光景である。

「頭をやっただけじゃ死なないのか。いや、死んではいるんだろうけどさ」

仕方ないので足や腕も消してやると、ようやく動きを止めた。

……まだ胴体がぴくぴく動いているが。

さらにしばらくこの辺りを散策していると、何度もアンデッドモンスターに遭遇した。

骨だけの身体で襲いかかってくるスケルトンや、包帯ぐるぐる巻きのミイラなどといった人型のアンデッドに加えて、カラスや狼《おおかみ》、熊のゾンビなど動物タイプのアンデッドもいた。

「あああああああああああっ」

「って、ゴーストまでいるのかよっ！」

不気味な声を響かせながら、身体が透けた幽霊タイプの魔物が襲いかかってくる。

この手の魔物には物理攻撃が効かないというのが相場だ。

恐らくは俺《おれ》の掘削攻撃も通じないだろうと思いつつも、一か八《ばち》かで試してみる。

「あれ？　ゴーストの腹に穴が空いたぞ？」

さらに二撃目三撃目と喰《く》らわせると、その度に透けた身体の一部が消失していく。

ゴーストらしく痛みなどまったく感じないようで、気にせず飛びかかってくるものの、こちらも気にせず攻撃を続けていたら、完全に消え去ってしまった。

「倒せてしまったな。ちょっと面倒だったけど」

どうやら俺の掘削攻撃は、ゴーストのような実体のない相手にも効くらしい。


スキル〈非物質掘り〉を獲得しました。


「ん？　あれは……」

と、そこで俺は遠くに街らしきものを発見する。

近づいてみると、街を囲む防壁も家屋もボロボロで、とてもではないが人が住んでいる気配はない。

「「「う～あ～」」」

「いるのはアンデッドだけか」

アンデッドモンスターしかいない廃墟《はいきょ》。なかなか背筋が寒くなるような環境だが、普通に倒せてしまうせいか、大して怖さは感じない。

「人がいないんだったら、誘《おび》き寄せ作戦が使えるな」

従魔たちを地上に放って、魔物をダンジョンの中に誘き寄せてから倒す。

ダンジョンポイントを稼ぐための有効な手段だ。

ただ、今まで何度もあったように、間違ってダンジョンに人が入ってきてしまう危険性があった。

そのためできる限り場所を絞って行っているのだ。

「あまり俺のダンジョンのことを知られたくないからな」

ちなみにバルステ大樹海は、魔物も多くいる上に立ち入る人間が非常に少ないので、これ以上ない場所だった。

この謎のアンデッド領域も、それに並ぶ有力な地域かもしれない。

「念のためもう少し探索してみるか」

明らかに生きた人のものと思われる声が聞こえてきたのは、謎のアンデッド領域の探索を続け、さらにまた別の無人の街を発見した後のことだった。

「くっ……こんなところで負けるわけにはっ！　がぁっ⁉」

「レイン団長っ！」

「だ、ダメだっ……強すぎる……っ！」

……もしかして戦っている？

衝撃音などに交じって響いてくる怒号。明らかに何かと交戦しているような雰囲気である。

声がする方に行ってみると、そこにいたのは武装した十五人ほどの集団だった。

「戦っているのは……見たことないアンデッドだな」

その集団がやり合っていたのは、スケルトン系のアンデッドだ。

だがその骨の形状からして、人間でも動物でもない。

「というか、人間と動物がくっ付いている？」

人の上半身に対して、下は馬のような四足歩行の身体である。

身の丈は四メートルほどで、全長は五メートルを超えているだろう、かなりの巨体だ。

「ケンタウロスのスケルトンってところか。にしても、めちゃくちゃ苦戦してるな」

生きた人間たちが、その巨大スケルトンに圧倒されている。

スケルトンは人間の上半身が、ハルバード――槍斧《そうふ》とも呼ばれる武器を両手に持っており、馬の身体で駆けながら、それを豪快に振り回して武装集団を斬り飛ばしていく。

人馬一体といったその動きに、まったく対応できていない。

「仕方ない。加勢するか」

俺は背後から回り込むように、その巨体スケルトンに近づいていった。

幸い武装集団に意識が集中しているようなので、こちらには気づいていない。

「まずは邪魔な動きを封じるべきだな」

俺はタイミングを見計らって、馬の後ろ脚が接着している地面を一気に掘った。

「〜〜〜〜ッ⁉」

馬のお尻《しり》の方が穴に落ちて、前脚と人の上半身部分が縁に引っかかるような体勢に。

こうなると人間が仰向《あおむ》けに寝ている感じにも見えるな。

しかも馬の身体の方が重たいせいか、その状態から起き上がることができないでいる。

なんだかかなり間抜けな姿だ。

「何が起こった⁉」

「おい、あそこに何かいるぞっ⁉」

「新手のアンデッドか⁉」

「いや、見た感じ、生きた人間だ。だがなぜこんなところに……？」

武装集団が俺に気づいて警戒している。

「それよりまずこいつを倒した方がいいと思うぞ」

俺はそう注意して、彼らの意識を人馬スケルトンに向けさせる。人馬スケルトンはどうにか強引《ごういん》に穴から這い出そうとしているが、なかなか苦戦しているようだ。

「い、一斉攻撃だっ！」

「「「おおおおおっ‼」」」

武装集団が雄叫《おたけ》びを上げて、人馬スケルトンに集中砲火を浴びせる。

先ほどのように馬の機動力を生かして逃げ回ることができないスケルトンは、成す術もなくその骨の身体を破壊されていき、やがて完全に動かなくなってしまった。

「……こ、この穴は、君がやったのか？」

声をかけてきたのは、集団の中でもかなり若い男だった。

中性的な顔立ちのイケメンで、年齢は俺とそんなに変わらないかもしれない。

「ああ。穴を掘るのが得意なんだ」

「穴を掘るのが得意……？　と、ともかく、君のお陰で助かったよ。あのままでは全滅させられていたかもしれない」

苦戦を物語るように、集団はボロボロだった。

「ぼくの名はレイン。テレス王国復興騎士団団長のレインだ」

テレス王国復興騎士団……？

「俺はマルオ。……ええと」

名乗られたので名乗り返したが、名前だけでは明らかに怪しいよな。

向こうが立場を明かしているだけに、なおさらだ。

冒険者ギルドに登録していたら、冒険者って言えるんだが。

「……一応、勇者だ」

仕方なくそう告げると、

「勇者っ？　君は勇者なのか……っ？」

驚くレインに、ざわつく武装集団。いや、騎士団か。

「勇者だと？」

「こいつも……」

ん、何だ？　ちょっと敵意のようなものを向けられている気が……。

もしかして勇者ってこと、言わない方がよかったのかもしれない。

勇者だと告げた直後に、騎士団員（？）たちの空気が明らかに変わった。突然の敵対的な雰囲気に俺が戸惑っていると、

「やめろ、お前たち。彼は命の恩人だ」

レインがそれに気づいて咎《とが》めてくれた。

さっき団長だと言っていたが、俺とそう変わらないくらいの歳《とし》だというのに、集団を率いる立場にあるらしい。

もちろんこの集団の中でも若い方だ。

「すまない。君がそうだというわけじゃないけれど、少し勇者にはよくないイメージがあってね……」

「そうなのか？」

やはり安易に勇者だと教えない方がよかったかもしれない。

「とにかく、助けてもらったお礼がしたい。ただ、負傷者も多くて、ぼくたちはいったん拠点に戻ろうと思っている。もし君がよかったらだけれど、一緒に来てくれないかい？」

との誘いを受けて、俺は彼らについていくことになった。

正直断りたかったのだが、さらに勇者へのイメージが悪化しそうだし、何よりアンデッドばかりのこの地域の情報を知りたかった。

その拠点までは徒歩での移動のようである。

「本当は馬で移動できれば早いのだけれど……生憎《あいにく》とアンデッドだらけの今のこの国では、馬を守りながら戦うのが難しく、大半がやられてしまったんだ」

しかもアンデッドの中には、噛《か》みつき攻撃をするものが多いという。

そして噛みつかれたまま放置すると、アンデッドになってしまうらしく、騎馬として利用していた馬もその被害に遭ったそうだ。

「一応、すぐに魔法やアイテムで治癒すれば大丈夫なのだけれど、治癒が遅れてアンデッド化が進んでしまったら、もう元には戻らない」

生きたままアンデッドになるとか、想像するだけでゾッとする。

「ところで、テレス王国っていうのは？」

「そうか。君は異世界から来た勇者だから、この世界のことには詳しくないんだね。テレス王国というのは、かつてこの地域にあった小さな国のことだ。ただ、その歴史は古くて、隣国のバルステ王国よりもずっと昔からある国だったんだ。あまり豊かではなかったけれど、牧歌的で優しい人が多く、とても平和な国だったよ。でも……」

今から十年ほど前。

突如として現れた凶悪なアンデッドによって、その平和な国は太陽を奪われた。

一体いかなる魔法かは分からないが、永遠に朝がこなくなり、夜が支配する世界となった。

さらに無数のアンデッドが湧《わ》き出してきて、村も街も次々と滅ぼされていく。

ちなみにアンデッドは太陽の光が弱点で、本来な日中は地中や建物に逃げ込んで息を潜めているらしい。

「王都は壊滅。王族の方々もその多くが命を奪われた。人々の大半は他国に逃げ延びたけれど……それから十年が経《た》っても、この有様だからね。アンデッドの巣窟と化したこの国に、帰ってくることもできない」

不思議なことにその〝夜〟の領域は、ある一定範囲から広がってはいないという。

国境を接していたバルステ王国も、国境沿いに防壁を築き上げて常に警戒しているとはいうが、今のところ被害が及んではいないそうだ。

「当然、ぼくたちのようにこの国に残った者たちもいる。そして十年間、何もせずにじっと指を咥《くわ》えていたわけじゃない。国を取り戻そうと、幾度となくその元凶のアンデッドを倒そうとしてきた」

しかしその度に敗北を喫し、撤退させられてきたという。

「やつがかつての王都、王宮の奥にいることまでは分かっているんだ。でも、王都に近づけば近づくほど、凶悪なアンデッドが徘徊《はいかい》していて……」

あのケンタウロスのスケルトンのようなアンデッドが、うようよしているそうだ。

「一方こちらは年々、戦力が減っていくばかり……この復興騎士団も、騎士団の残党たちで作ったものだけれど、若い人間が増えないから、だんだんと高齢化が進んできているし……」

ううむ、どうやらなかなかジリ貧の状況のようである。

「バルステ王国も一度、協力してくれたことがあったんだ。大規模な騎士団を派遣して、ぼくたち復興騎士団との共同作戦で、元凶のアンデッドを討とうとした。だけど、作戦が失敗に終わってしまったばかりか、多くの騎士たちを失ってしまって……」

それに懲りたのか、バルステ王国は以降、まったく関与してこなくなったそうだ。

幸い〝夜〟の範囲が広がる気配はなく、放っておくのが得策だと考えたのだろう。

「そんなぼくたちにとって、バルステ王国での勇者召喚成功は僥倖《ぎょうこう》だったんだ。勇者の力なら、祖国を取り戻せるかもしれない、と。……なのに」

なのに？

意味深な接続詞だったが、その続きを語る前に、レインが前方へと視線を向けた。

「あっ、見えてきたよ。あの街の中だ」

そこは廃墟と化した都市だった。

元はそれなりに大きな街だったようで、しっかりとした防壁で護《まも》られ、街の中には建物が数多く建ち並んでいる。

どうやらその一画を拠点化しているらしく、後から作られたと思われる石の壁が、道を横断するように築き上げられていた。

壁に取り付けられた、小さくて分厚い扉を潜り抜けて中に入る。

広さはちょっとした広場程度だろうか。

拠点の中心には頑丈に造られた教会があって、主にそこで寝起きしているという。

「今ここにはだいたい後方支援の人員も含めて、五十人ほどが暮らしているんだ。その大半がかつてはテレスで騎士をしていた者たちだ」

ちなみにこの世界の騎士たちは、非常に少数精鋭らしい。

というのも、戦闘系のジョブを持つ者と持たない者とでは、戦闘能力の差が隔絶しており、それゆえジョブを有する者しか、騎士などの戦闘職に就くことができないせいだ。

全員がジョブを与えられる勇者と違って、異世界人はせいぜい十人に一人くらいしかジョブを授《さず》からないため、必然的に戦える者の数が少ないのである。

しかも仮にジョブを得ても、勇者ほど希少で強力なジョブである確率は非常に低いという。

「ところで、まだ君のジョブについては聞かせてもらっていなかったね？」

「う」

……どうしよう。

先ほどからの反応を見ていると、勇者とは何かあったような感じだが、同時に勇者に対する期待も感じられる。

俺が【穴掘士】なんていう使えないジョブだとは、非常に言い出しづらいな。

「ちなみにぼくのジョブは【パラディン】なんだ。かつて近衛騎士団の団長を務めていた父とは同じジョブで、だからこそ父の無念を晴らさなくては――」

と、レインがそこまで言いかけたときだった。

「くくっ、また途中で断念して、おめおめ戻ってきやがったのかよ。今のやり方じゃ、永遠に国なんて取り戻せやしねぇぜ？」

頭上から降ってきた嘲りの声。

げっ……この声は、まさか……。

俺は嫌な推測と共に顔を上げる。できれば外れて欲しかったのだが、残念ながら推測通りだった。

「田中っ……」

罰当たりなことに、教会の屋根に座ってこちらを見下ろす一人の少女。

見た目こそ美少女と言っても過言ではないのだが、中身はそれとは程遠い。

クラスどころか、学年、いや、学校一のヤバい生徒。

それが田中兎だ。

子供にそんな名前を付けた親もだいぶヤバいよな……。

「お前っ……まだいたのかっ⁉」

「おいおい、それがてめぇらの国を救ってくれる予定の勇者様に対する態度かよ？」

「黙れっ……お前などの手を借りずとも、我らだけで祖国を取り戻してみせる！」

温厚そうなレインが、怒りを露《あら》わに叫んでいる。

なるほど、だから俺が勇者と告げたときに、あんな反応だったわけか。

こいつが最初に出会った勇者だとしたら、むしろ頷ける反応だろう。

「ひゃははははっ！　いい加減、諦《あきら》めろよ？　てめぇらみたいな脆弱《ぜいじゃく》な異世界人たちじゃ、何年かけ

ても一緒だぜ。アンデッドにやられて死んじまった連中も、今頃《いまごろ》は草葉の陰で泣き疲れて大欠伸《おおあくび》してる頃だろうな。おっと、そいつらもアンデッドになっちまってるんだっけな？　ひゃははっ！　……ん？」

とそこで、田中の視線が俺を捕らえた。

……よし、逃げよう。

田中兎。一言でいうと、クレイジーな女子高生だ。

入学初日に何を思ったか、最近は男子でもあり得ない時代錯誤なリーゼント頭と刺繍《ししゅう》入りの長ランで登校してくると、全校生徒たちの前でいきなり宣誓。

『オレがこの学校でてっぺん獲《と》ってやる。自分が一番強いと思ってるやつ、後で勝負な。ボコボコにしてやるからよ』

そして実際に挑んできた上級生の男子たちと喧嘩《けんか》し、連戦連勝してみせると、番長になるわけではなく、むしろ翌日には普通の髪型と女子の制服で普通に登校してきた。

『一度やってみたかったんだよ、80年代のヤンキー漫画』

理由はただそれだけだったらしい。ボコられた先輩たちが可愛《かわい》そうだ。

その後も数々の問題行動を起こした。

無数に繋《つな》げた傘を手に屋上から飛び降りて着地するという子供なら誰《だれ》しも考えたことのある下ら

ないものから、化学実験と称して校庭で自作の爆弾を爆発《ばくはつ》させて巨大なクレーターを作るという危険なものまで。

本人だけならまだいいが、周りを巻き込むことも多い。

俺も一度こいつに誘われて、真夜中の学校でなぜかストーンサークルを作る手伝いをさせられたことがあった。目的は未《いま》だに分からない。

問題を起こす度に当然ながら教師が激怒し、保護者からもクレームが寄せられたのだが、なぜか退学になることはなく、いつも停学処分止まり。

噂《うわさ》では彼女の父親が文科省の偉い人らしく、そのせいで厳しい処分ができないとかなんとか。

授業には来たり来なかったりだが、頭だけはめちゃくちゃいいようで、常に学年トップどころか、全国模試でトップクラスらしい。

『そもそも兎殿は高校に行くような器ではないでござろうに。なぜ通っているでござるか？』

そんな質問をしたのは金ちゃんだ。

『あ？　てめぇ、高校に通わねぇと、学園ラブコメができねぇだろうが』

田中の解答に、きっと誰もがこう思っただろう。

お前に学園ラブコメなんて無理に決まってんだろ、と。

『学園ホラーとかスポ根も経験しておきてぇしな。あと、自主アニメ制作に情熱を注《そそ》いだり、担任の暗殺を狙《ねら》ったり、元暴走族の教師に熱血指導されたり、生徒会を舞台に下ネタ言い合ったりとかもしてぇ』

……どうやらこいつの頭の中は、完全に漫画に汚染されているらしい。

『クラスごと異世界召喚とかもやりてぇな！』

俺もこのときはただの妄想女の戯言《たわごと》と一蹴していたのだが、まさか本当に現実になってしまうとは思わなかった。

むしろ異世界召喚されたの、こいつのせいじゃないか？

そしてご希望の異世界召喚された後も、相変わらず田中はクレイジーだった。

美里《みさと》が言っていたが、死んでも本当に生き返るかどうか確かめるため、自分の心臓をナイフで刺したらしいし。

できることなら、こいつにだけは会いたくなかったのだが――

「……ん？　おいおい、そこにいるの、もしかして穴井《あない》じゃねぇか？」

くそ、気づかれたか！

だが事前にこの展開を想定していた俺は、すでに行動に移っていた。

地面を蹴《け》って、全速力でその場から逃げたのである。

そして近くの建物の陰に飛び込むと、瞬時に地面に穴を掘った。

無論、このまま穴の中に逃げ込んでは、すぐに見つかって追いかけられてしまう。

「だが穴が幾つもあればどうだ」

いつの間にかできるようになった複数同時に掘る能力を使い、一気に十個もの穴を作り出すと、そのうちの一つに飛び込んだ。

そこからはとにかく猛スピードで、地面と水平方向に穴を掘り進めていく。

一つ一つ穴を確認して手間取っている間に、このまま街の外まで穴を掘り進め、逃げてしまおうという作戦だ。

「ほとんど走りながら掘り進められるようになっているし、これならさすがに追いつかれるはずもな――」

「おいおい、てめぇ、なかなか面白《おもしれ》ぇ能力じゃねぇか」

「――っ!?」

背後から聞こえてきた声に戦慄《せんりつ》する。

まさかと思って振り返った俺のすぐ目の前にいたのは、ニヤニヤと笑う田中だった。

「嘘《うそ》だろ……?」

「くくくっ、このオレから逃げれるとでも思ったのかよ?」

俺は愕然《がくぜん》としながら足を止めた。

完璧《かんぺき》に逃げ切ったと思っていたのに、田中に追いつかれてしまったのだ。絶望しかない。

「マジか……どうやってこの穴にいると分かったんだ……?」

恐る恐る問う俺に、田中はにやついた笑みを浮かべながら、

「くははっ、あんなのでオレを誤魔化《ごまか》せるとでも思ったか? オレのジョブは【シーフ】だぜ? お宝の行方《ゆくえ》なんて丸分かりだろ」

「……人をお宝扱いするな」

田中がこの異世界で与えられたジョブは、意外にもごくごく平凡なものだった。

それが【シーフ】で、アイテムの探索や隠密活動《おんみつかつどう》などには長《た》けているものの、戦闘能力的には決して高くない。

加えて、忌み嫌われることも多いジョブでもある。

そうしたこともあって、勇者としてはユニコーン級。俺のゴブリン級を除けば、最低の評価だった。

だがまぁ、脳内が漫画に汚染されたこいつだ。

むしろ「悪くねぇジョブだぜ」と喜んだくらいである。

「にしても、てめぇ、なかなか面白れぇ能力じゃねぇか。確か【穴掘士】だったか？　こんな速度で穴を掘れるとはよ。いや、たぶんそれだけじゃねぇな。あの素早さ、明らかにかなりレベルをあげてねぇと、あり得ねぇステータスだ。ゴブリン級とはとても思えねぇ」

初見の少ない情報だけで、どんどん俺のことを推理していく田中。

だからこいつは嫌なんだよ……。

「やっぱ外れこそ大当たりだったたってわけか？　ん？　うおっ⁉」

そのとき田中の足元の地面が消失した。

もちろん俺が穴を掘ってやったのだ。念じるだけで何のモーションもなかったため、さすがの田中もこれに反応できるはずがない。

しかも普通の深さではない。軽く二十メートル以上はある。一度落ちてしまったら、簡単には戻ってくることができないだろう。

だが田中がその穴に落ちることはなかった。

というのも、俺と田中の身体を結ぶように、いつの間にか腰に縄が巻き付けられていたのだ。

「くく、詰めが甘ぇな？」

「……最悪だ」

その後、全身を縄でぐるぐる巻きにされた俺は、田中に荷物のように抱えられて、復興騎士団の拠点に戻ることになった。

「同じ勇者だからそうかもしれないとは思っていたけれど……やはり親しい関係だったのか」

レインが溜息《ためいき》混じりに言う。

「いやこれを見て親しい関係に見えるか？　こんなヤバいやつと親密に思われるとか、心外にもほどがあるんだが」

俺は全力で反論した。

「親しいっつーか、まぁこいつはオレの従順なペットだな」

「もっと酷《ひど》い！」

「あ？　むしろご褒美だろ。ちょっと変わり者の学校一の美少女に、ペット扱いされるんだぜ？」

「だから漫画基準で考えるなよ……」

しかもこいつの変わり者レベルはちょっとどころではない。

「てか、田中は今まで一人で冒険してきたのか？」

「いや、何度かクラスメイトのペットを連れ歩いたこともあったぜ。ただ、オレが死に戻る間にどいつもこいつも逃げやがってよ」

どうやら田中は最初に試し死にした後も、幾度となく死んで王宮に戻っているという。

「たぶん、もう五十回くらいは死んだか？」

「五十回⁉」

「おいおい、何度死んでも生き返れるんだから、死ななきゃ損だろ」

その死に方は様々あったようで。

「魔物に生きたまま喰われたり、蛇の魔物に水中に引き摺り込まれて溺死したり、ゴーレムに踏み潰《つぶ》されての圧死とか、ダンジョンの落とし穴トラップでの転落死とか、リザードマンに槍《やり》で串刺しにされて死んだりもあったな。そうそう、傑作だったのが、ゴブリンどもに捕まって、全身の穴という穴を犯されながら死んだときだ。くくっ、さすがにあのときは女に生まれたのを後悔しそうになったぜ」

どれもこれもトラウマになりそうな死に方ばかりである。

「普通の人間は一種類しか味わえねぇんだぜ？　それを何種類も経験できるんだ。楽しくてしかたねぇよ」

だがそんな死を厭《いと》わない冒険を続けてきたためか、一緒に召喚されたクラスメイトたちの中でも、断トツで高レベルになっているらしい。

「今のオレのレベルは43だ。死なねぇようにちんたらやってる他の連中なんて、まだ30にもなってねぇだろ？」

田中は不敵に笑って言う。

「自分より格上の魔物や推奨レベルを超えたダンジョンに挑むのが楽しいんじゃねぇか。異世界に来て、無限コンティニューが可能な環境で、安全を確保しながらのプレイとか、オレからすれば意味不明だぜ」

「まぁ、言うのは簡単だろうが、実際には難しいものだと思うぞ?」

田中のように頭のネジがぶっ飛んでいるやつでなければ、きっと本能が拒絶するだろう。

「ただよ、最初に召喚された場所でしか復活できねぇってのは、マジで運営がいたら抗議してやりたいところだぜ。お陰で何日もかけてまた元の場所に移動しなくちゃならねぇ。最初の方はまだ近場の冒険だったからいいけどよ、遠くなればなるほど、容易には死に戻りができなくなってきやがった」

確かに移動は面倒だ。

ゲームだったら必ず転移システムなどが用意されているだろうが、生憎とまだこの異世界でその仕組みを見かけたことがない。

「これまでに何度か古城に乗り込んで、それらしいアンデッドも見つけたんだがよ。バルステから遠いせいで、マジでクソ面倒くせぇんだよな。今回はやつの魔法で火だるまにされて死んじまって、ようやくまたここまで戻ってきたところだ」

「なっ、元凶のアンデッドのところまで辿《たど》り着いただって……っ!?」

レインが信じられないとばかりに叫んだ。

「ぼ、ぼくたち復興騎士団でさえ、まだ一度もやつのもとまで辿り着けていないというのに……っ！」

どうやら田中一人に記録を抜かれてしまったらしい。

ううむ、別に田中の肩を持つわけではないが、確かに何度やっても彼らが目標を達成するのは難しそうだな。

「ひゃははは っ！　だから言ってるじゃねぇか！　てめぇらじゃ無理だってよ！」

「お前もそうやって無駄に煽《あお》るんじゃない」

そんな俺の忠告を無視して、田中はレインたちに命令口調で言う。

「とにかく、オレに任せておきゃいいんだよ。んで、今日のところは移動で疲れたからよ、また休ませてもらうぜ。もちろんちゃんと食い物も用意しておけよ？」

「っ……」

悔しそうに顔を顰《しか》めつつも、レインは田中の要求を拒絶することはなかった。実際のところ、勇者に頼るしかないことを理解しているのかもしれない。

そして田中がいつも使っているという教会内の個室の床に、俺は縄で縛られたまま転がされる。

「……そろそろ解いてくれよ」

「まぁ待て。その前に一つ、てめぇに聞いておきたいことがあってよ」

「？」

首を傾《かし》げる俺に、田中が自分の顔をぐっと近づけてきた。

「なぁ、お前、穴を掘るだけじゃねぇだろ？　それだけじゃ、そこまでステータスを上げることは不可能なはずだ。一体何があった？　教えてくれるよなぁ？」

不自然に優しい口調で問い詰めてくる。

それがかえって恐ろしくて、背筋に寒気が走った。

「……何のことだか？」

「しらばっくれようなんて思うんじゃねぇぞ？　もし黙秘したり、嘘を言ったりしやがったら——」

どこからともなくナイフを取り出す田中。

俺を脅して吐かせるつもりだな。

いや、田中のことだ、脅しどころで済まないかもしれない。

「こいつをてめぇのケツ穴にぶち込んで、ハジメテを貰《もら》ってやるぜ？　くくっ、どんな声で哭いてくれるかなぁ？」

「いやさすがにそこまでは想像してなかった……っ！　鬼畜にも程があるだろ⁉」

仕方なく俺は洗いざらい白状した。

こいつには嘘を吐いたところで見抜かれるだろうと思ったので、偽りない真実を語った。

「は？　嘘つくんじゃねぇよ？　そんなに盛るんじゃねーよ、タコが」

「盛ってないから！」

そうしたら嘘つき呼ばわりされてしまった。

理不尽すぎやしないか？

「……じゃあ、見せてやるから。付いてこいよ」

「ああ、見せてもらおうじゃねぇか。嘘だったら、マジでてめぇのケツ穴このナイフでほじくり回してやるからな」

「やめろ……想像しただけで、お尻がきゅっとなってしまう……」

ようやく縄を解いてもらうと、俺は田中を連れてダンジョンへ。

「生活拠点までちょっと距離があるからな。飛ばしていくぞ。ちなみに位置的にはバルステの王都の地下だ」

「は？　んなとこまで行こうと思ったら、二、三日はかかるじゃねぇか」

「心配するな。俺が走ればすぐだから」

そう告げて、俺は田中の身体を抱え上げた。

「ちょっ、てめぇ、何しや――」

ぎゅんっ!!

「――ぬおおおおおおおおっ⁉」

俺がいきなり急加速したので、田中が珍しく悲鳴を上げる。

「おいおいおいおいっ、この速さ、どうなってやがる⁉」

「穴の中だと足が速くなるんだよ」

「出鱈目《でたらめ》にもほどがあるだろっ！」

バルステの王都までは二百キロくらいはあるはずだが、今の俺が全力で走れば、だいたい一時間ほどで着けるだろう。

単純計算で、時速二百キロで走れるということになるな。完全に人間離れしている。

「しかもてめぇ、疲れねぇのかよ？」

慣れてきたのか、普通に質問してくる田中。

「穴の中だとな」

「……」

それから予想通り一時間くらいで生活拠点に到着した。

「おいおい、マジかよ。ガチで畑があるじゃねーか。それにあっちは果樹園か」

「向こうにはプールとかアスレチックなんかのある、広い遊戯場もあるぞ」

「しかし、【穴掘士】にダンジョンマスターか……正直、偶然とは思えねぇくらいの好相性じゃねぇか」

どうやら俺が本当のことを言っていると信じてくれたらしい。

「魔物もこんな感じで作り出すことができる」

俺は目の前でアンゴラージを一匹、生み出してみせた。田中の名前にちなんでアンゴラージにしてみたのである。

「ぷぅぷぅ」

「こ、こいつはっ……」

「ん？　どうした？　ああ、一応、アンゴラージっていうウサギの魔物だ」

「アンゴラージ……」

田中の反応はいまいちな感じである。まぁこいつが普通の女の子みたいに、モフモフの魔物を見て頬《ほお》を緩めている姿なんて、想像すらできないけどな。

「……めちゃくちゃかわいいんだが？」

「え？」

「だ、抱っこしてもいいか？」

「別に構わないが……」

「……おいで、ぷぅちゃん」

ぷぅちゃん？

「ふわぁ……なんて、柔らかくて……それにこの愛くるしい目……い、癒《いや》され過ぎる……」

あの田中がアンゴラージを抱っこして、女の子みたいに頬を緩めているだと⁉

信じられない光景を目の前にして、俺は思わず自分のほっぺたを抓《つね》ってしまう。

うん、痛い。夢じゃない。

と、そんな俺の反応に気づいたのか、田中が睨《にら》みつけてきた。

「おい、何だその顔は？　何か問題でもあるか？　あ？」

「ぷぅ……」

「ああっ、ごめんねっ、ぷぅちゃんっ……お姉ちゃん、怖くないからねぇ……？」

とりあえず見なかったことにしよう。

田中を子供たちに会わせたくないので、すぐにまた元いたところに戻ることにした。

教育によくないからな。

「ちっ、だがやっぱ、外れこそ最強だったたっつーことか。異世界漫画通りだぜ」

「たまたまダンジョンコアを発見して、それでこうなったわけだからな。単に運が良かっただけだ。

【穴掘士】自体は恐らくそんなに強くないし、これだけだったら本当に外れ勇者のままだったと思うぞ」

羨《うらや》ましそうに舌打ちしてくる田中に、俺は首を振ってそう応じる。

「にしても、この地下ルートは便利だな。いくらでも掘って広げられるってことだろ?」

「ああ」

「つまり、古城にも地下から侵入できるっつーことだ」

テレス王国滅亡の元凶となったアンデッド。

そいつは現在、かつての王宮に居座っているらしい。

「正直、近づくだけでも一苦労だぜ。なにせこの国はもはやアンデッドの巣窟だからな。次から次へとアンデッドが襲いかかってきて、キリがねぇ。まぁオレの場合、隠密でほとんどの戦いは回避できるが、正直ずっと隠密状態を保って移動するっつーのも骨が折れるんだよ」

確かに俺が少し散策しただけで、アンデッドと何度も遭遇したからな。

しかも王宮に近づけば近づくほど、数が多くなるという。

「あの復興騎士団の連中が延々と足踏みしてやがる最大の理由は、正面から挑もうとしてる点だ。

大量にいるアンデッドどもと馬鹿《ばか》正直に相手してたら、疲弊し切っちまうに決まってんだろ。いつまで経っても旧王都にすら辿り着けやしねぇよ」

田中が呆《あき》れたように言う。

なるほど、確かにこいつの言う通りかもしれない。

ただ、普通は隠密が使える人間は戦闘力が低い。そういうメンバーだけを揃《そろ》えて挑んだとしても、結局は返り討ちに遭うだけだろう。

「要するにオレたちのような勇者様に任せておけって話だ。そしてオレにはすでに、これまでの三度の戦闘で、やつの倒し方を見つけ出している」

「本当か？」

どうやらすでに三回も戦っているらしい。

「ああ。一度目はオレの攻撃を受けてもすぐに再生しやがって、為《な》すすべなくやられちまったがな。アンデッドなら聖水が効くはずと思って試してみたが、残念ながらそれもほとんど効果なしでよ。ちなみに二度目はやつが操《あやつ》る昆虫系のアンデッドの群れに、生きたまま喰われちまった。くくく、しかも一匹一匹が小さくてよ、身体の内側から食い荒らされて――」

「いや詳しく説明しなくていいから！」

正直、想像すらしたくない。

「ただ、その二度目は戦う前に城内を探索しまくった。こういう場合、大抵はどこかにヒントが隠されているものだからよ」

「それはゲームとか漫画の話だろ？」

「そして見つけたんだ。やっと戦って敗れたらしい当時の騎士団長が、死ぬ間際《まぎわ》に残した記録をよ。そこにやつの弱点が書いてやがったんだ」

本当にあったのか……。

「で、その弱点というのは？」

「ああ。城内にいる、四体の上級アンデッドモンスター。どういう原理かは知らねぇが、どうやらこいつらを全滅させちまえば、やつの異常な再生能力が機能しなくなるらしい。生憎とそのときは、一体を倒したところで見つかっちまった。そして三度目の前回は、残りの三体を倒せたんだがよ。どうやら倒したはずの一体が復活していたらしく、やつにまたロクにダメージを与えられねぇまま、火だるまにされちまったってわけだ。時間を置くとダメらしいな」

だが、と田中は続けた。

「今回はてめぇがいる。作戦はこうだ。まず、古城の地下までてめぇのダンジョンを繋げて、そこから城内に侵入する」

どうやら俺が協力することは決定事項らしい。

「そしてオレが四体のアンデッドどもを手早く仕留めていくが、途中で万一やつに見つかっちまったら、そのときはてめぇの出番だ。素早く穴を掘って、ダンジョン内に逃げ込む」

万一その最上級アンデッドが追いかけてきても、ダンジョン内は俺のフィールドだ。むしろ好都合だろう。

「そうしてやつを避けつつ四体の上級アンデッドどもを倒したら、今度こそリベンジだ」

作戦の決行は翌日。今日は教会の部屋で休むことになった。

「……何で俺はまた縄で縛られて、床に転がされてるんだ？」

「そうしないと逃げるだろうが」

「逃げねぇよ！」

この部屋は田中一人に使ってもらって、俺はダンジョン内で休もうと思っていたのだが。

それほど広い部屋ではないし、そもそも田中は一応、あくまで一応だが、女子だからな。

「くくくっ、密室で美少女と二人っきりだからって、そう興奮するんじゃねぇよ」

「そういう興奮はゼロなんだが？」

まぁ、念じ掘りを使えばこんな縄ぐらい簡単に切断することができるし、田中が寝たらダンジョンに戻ることにしよう。

トントン。

そのとき部屋のドアがノックされた。

「ちょっといいだろうか」

入ってきたのはレインだ。彼は相変わらず縄で縛られた俺を見て、

「……まだそのままなのか。もしかして、そういうプレイ……？」

「断固として違う」

レインの盛大な勘違いを、俺ははっきりと否定する。

「それより、てめぇ何の用だ？　オレはそろそろ休みてぇんだがよ？」

「……お願いがあるんだ」

思いつめたような顔でレインはそう切り出す。

「恐らく君はまたあの古城に挑むのだろう？」

「そうだが？」

田中が面倒そうに頷《うなず》くと、レインは何を思ったか、その場に膝《ひざ》をついた。そして深々と頭を下げながら懇願する。

「頼むっ……ぼくたちも同行させてくれっ！」

「やだぴょん」

やだぴょん……？

レインの懇願を、田中はそんな言葉で一蹴した。

「なぜだっ？　ぼくたちだって戦力になれるはずだ！　この国を取り戻すため、君と一緒に戦わせてほしい！」

「やだっつってんだろーが」

やはり田中は突っ撥《ぱ》ねる。

「理解できてねぇようだからはっきり言っておくが、てめぇらみたいにぞろぞろ集団で進軍するのは相手の格好の餌食なんだよ。無限に湧いてくるアンデッドどもを、いかに避けることができるか。それが古城に辿り着くための最善策だ。てめぇらの存在なんてただの足手まといでしかねぇ」

俺は「ん？」と思った。

確かに今まではそうかもしれない。だが今回は俺がいるのだ。

ダンジョンを通って古城までいくのだから、レインたちが同行することに何の問題もないはずだった。

しかしそれを口にしようとしたところで、田中が「てめぇ余計なことを言うんじゃねぇぞ？」という顔で俺を睨んできたので口を噤《つぐ》む。

「てめぇらは大人しくここでおねんねしてろ。明日、オレたちが今度こそ元凶のアンデッドをぶっ倒してやるからよ。起きたときには久しぶりに太陽を拝めるはずだぜ」

第五章 … 不死の王

「あれでよかったのかよ？　四体の上級アンデッドを倒すのに、少しでも戦力が多い方がいいんじゃないのか？」

翌日、古城に向けて出発の準備を整えながら、俺《おれ》は田中に訊いた。

「うるせぇな。いいんだよ。前回オレは一人で三体やれたんだからな。もう一体も一度倒してるし、あいつらの手を借りるまでもねぇ」

正直こいつほど頑固な人間はいない。

説得しようとしたところで無駄なので、俺はそれ以上、何も言わなかった。

実は田中が仮眠をとっている間に、俺は従魔たちを使って、ダンジョンを古城の地下まで拡張させていた。

なので今日は真《ま》っ直《す》ぐ古城に向かうだけだ。

「この真上に城があるはずだ。……城のどの辺りに出るのがいいんだ？」

「土だけじゃなくて、硬い岩なんかも掘れるんだろ？」

「ああ」

「だったらまず地下牢《ちかろう》だな。そこに一体目の上級アンデッドがいるはずだ」

そう言って、田中がポケットから紙を取り出す。

「こいつはオレが作った城のマップだ」

「お前が手書きで作ったのか……？　ほとんど攻略本のマップじゃねぇか……」

「だいたい2000分の1ぐらいの縮尺だ。城内を探索したときにだいたいの寸法を記録しておいたんだよ」

相変わらず無駄に有能なやつである。

これで性格さえよければ……と思わずにはいられない。

「地下牢はここか。この上はたぶん、この中庭の辺りだろうから、こっちだな」

「ちょっと待て。てめぇ、地上の様子が分かるのか？」

「なんとなくな」

「……」

そうして地下牢の地下と思われる地点まで来た。

真っ直ぐ地上に出ようとするなら、螺旋状《らせんじょう》に掘っていくのが最適だ。それなら位置がズレたりせずに済む。

「よし、繋《つな》がったぞ」

「センキュー、ちょっと確かめてみるぜ。おっ、間違いないみてぇだな」

軽く顔だけ出して外の様子を確認し、田中が満足そうに頷《うなず》く。

そのまま俺たちは地下牢へと足を踏み入れた。

元から陰鬱《いんうつ》な場所だったのだろうが、何年も放置されて、マジでお化けが出そうな雰囲気である。

いや、アンデッドの巣窟となっているのだから、出そうというより出るのだが。

「くくっ、ゾンビ漫画みてぇでゾクゾクするよなぁ」

田中は楽しそうだ。

「目的のアンデッドはこの奥だ。拷問部屋として使われてたらしく、この地下牢の中でも指折りのホラースポットだぜ」

半開きになった鉄格子の扉から、俺たちはその拷問部屋に突入した。

あちこちに置かれた拷問器具と、床や壁に付着した黒い染みが生々しい。

そんな部屋の中央に横たわっていた、巨大な骨。それが俺たちの侵入に気づいたように、ゆっくりと動き出した。

「来るぜ。こいつが一体目の上級アンデッド……スカルドラゴンだ」

やがて完全に身を起こしたそいつは、骨と化したドラゴンだった。

「オアアアアアアアアアアアアアアアアッ!!」

地下牢中に響き渡る大咆哮《だいほうこう》を上げるスカルドラゴン。

さらにそれに呼応するかのように、地面からスケルトンの剣士が次々と湧《わ》き出してくる。

「雑魚どもは無視だ。どんだけ倒したところで、いくらでも湧いてきやがるからな。そしてこのスカルドラゴンの弱点は……」

「オアアアッ!!」

スカルドラゴンが振り回す長い骨の尻尾《しっぽ》。

田中はそれをしゃがみ込んで躱《かわ》しながら突っ込んでいったかと思うと、スカルドラゴンの巨体に飛びついた。

振り落とそうとするスカルドラゴンを余所《よそ》に、田中はボルダリング選手も驚くような素早さで巨体を攀《よ》じ登っていく。

やがて頭部に到達すると、

「この唯一、骨化してねぇ、右目だ」

スカルドラゴンの赤い右目にナイフを突き刺した。

「オアアアアアアアアアアアアアッ!?」

悲鳴と共に暴《あば》れ回るスカルドラゴン。

すでに田中はその巨体から飛び降りて、距離を取っている。

しばらくしてスカルドラゴンが大人しくなると、再び身体に攀じ登っては、右目を攻撃していった。

それを何回か繰り返していると、今度はその右目が飛び出してくる。

拷問部屋の中を素早く跳ね回る右目。

「はっ、逃げれると思ってんのかよ」

その右目へ、ナイフを投擲《とうてき》する田中。

吸い込まれるようにナイフは右目を貫き――ぐしゃり。

破裂した右目から周囲に液体が飛び散る。

それとほぼ同時に、スカルドラゴンが動きを止め、バラバラと骨が崩れていった。

「あとは残った雑魚を一掃するだけだ。まぁ別に放置してもいいんだがな」

スケルトン剣士が何体もいたのだが、田中はそれを歯牙にもかけなかった。

次々と瞬殺していき、あっという間に宣言通り一掃してしまった。

……強っ。

瞬時の判断力と、まったく無駄のない動き。

初見ではないとはいえ、考え得る限りの最短ルートで敵を撃破してしまった。

【シーフ】という、決して戦闘を得意とはしないジョブなのだが、そもそもステータス云々《うんぬん》の問題ではなく、リアルな戦闘感覚がずば抜けているのだろう。

「よし、いったん穴の中に戻るぞ」

呆気《あっけ》に取られている俺を余所に、地下牢と繋がる穴に飛び込む田中。

俺も慌ててその後を追った。

「この穴、閉じることもできるか？」

「ああ」

俺は素早く穴を閉鎖する。

「くくく、こいつはいいな。これなら戦闘を回避できるし、やつにも見つかり辛《づら》い。この調子でどんどん行くぜ。次は騎士団の訓練所だ」

地中を移動して、別のところから古城内に侵入。

そこはかつて、この国の近衛騎士たちが訓練に明け暮れた場所だったようで、武具などがあちこちに散乱している。

「二体目はあの鉄の扉の向こうだ」

重たい鉄の扉の先に行くと、そこは広い空間になっていた。

「ここで当時の騎士たちが、捕まえてきた魔物との実戦訓練をしてたみたいだぜ」

その空間の中心に、なぜか人間が立っていた。

いや、正確には全身鎧を身に着けた〝何か〟だ。

「こいつはもしかしたら、元は名のある騎士だったのかもしれねぇな」

田中がそう呟《つぶや》いた直後、その全身鎧がガシャガシャという音を立ててこちらに襲いかかってくる。

なるほど、リビングアーマーってやつか。

巨大な剣を手にした全身鎧に、田中が正面から立ち向かっていく。

豪快な斬撃を紙一重で躱しつつ、ナイフで鎧を斬りつけた。

ガキンッ。

「とまぁ、こんな感じで普通に攻撃しても、物理耐性が高すぎてダメージにならねぇんだが……」

ガキンッ……ガキンッ……ガキンガキンガキンガキンガキンガキンッ!!

田中は何度も何度も鎧をナイフで攻撃していく。

よく見るとすべての攻撃が鎧の右足だけに集中している。

ガキンガキンガキンガキンズガンッ‼

ついにその執念が実り、全身鎧の右足部分が粉砕した。

片足を失ってバランスを崩し、リビングアーマーが地面に倒れ込む。

「一点集中していれば、破壊することも可能だ。後はこの割れた右足部分から、聖水を注《そそ》ぎ込《こ》んでやれば動かなくなる。外から聖水をかけただけじゃ効かねぇんだけどな」

そうして二体目の上級アンデッドも撃破した俺たちは、続いて王宮の北にある建物へ。

ここはどうやら王妃や、その候補である少女たちが住む後宮だったようだ。

キャアアアアアアアアアアアアッ……。

「それもあってか、女のゴーストがよく徘徊《はいかい》してやがる場所でもある。ほら、時々それっぽい悲鳴が聞こえてくるだろ？」

田中が相変わらず楽しそうに言う。

「……ずっといたら精神がおかしくなりそうだな」

三体目の上級アンデッドは、後宮内の食堂にいた。

長い髪のゾンビである。

眼球が零れ、腐乱した青い肌を晒《さら》している不気味なアンデッドだが、身に着けている服装から、かつては高貴な女性だったのではないかと推測できた。

手に魔法の杖《つえ》を持っており、凶悪な闇《やみ》魔法を使ってくる強敵だ。

スカルドラゴンと同様、味方のゾンビを際限なく召喚してくる上に、喰《く》らったら即死の可能性のあるデス魔法も使ってくる。

さらに影を操《あやつ》る攻撃は厄介で、受けるとしばらく身動きが取れなくなってしまうらしい。

もっとも、田中は難なく接近すると、首を掻《か》き切って仕留めてしまった。

今までの上級アンデッドの中で、戦闘時間は最短だった。

「こいつの防御力は大したことねぇからな。守勢に回ると厳しいが、速攻でやっちまえばこんなもんだ」

最後の一体は、どうやら城の中心、主郭《しゅかく》に当たる場所にいるという。

「そいつが一番厄介でよ。城の中を駆け回っている首なしのデュラハンなんだが、弱点はその首だ。つーか、首を破壊しねぇと倒せねぇ。だがその首もまた、城の中を飛び回ってやがるからよ、決まった場所にいねぇから捜し回らないといけねぇんだ」

しかも主郭の一階までは俺のダンジョンから直接侵入できるが、二階や三階となると難しい。

「隠密《おんみつ》ができないてめぇは、ひとまず穴の中に隠れてろ。オレがどうにかデュラハンの頭部を見つけて、ぶっ飛ばしてくるからよ」

とのことだったので、俺はダンジョン内に待機することになった。

そうして待つこと十五分ほど。田中が戻ってきた。

「よし、上手《うま》くぶっ潰《つぶ》してきたぜ」

「これで四体を片づけたってことだな」

「ああ。後は玉座にいるやつを倒すだけだ。とはいえ、さすがに強敵だからよ。場合によっては、てめぇにも力を貸してもらうぜ」

そして田中の先導で、玉座へと向かう。

階段で城の五階まで駆け上がると、広い廊下を通って大きな扉の前へ。

「行くぜ」

田中がその扉を力強く開けた。玉座の間だけあって、かなり広い部屋が俺たちを出迎えてくれる。

玉座には一人の青年が座っていた。

いや、もちろん人間のはずがない。よく見ると顔は青白く、まるで生気が感じられない。しかし非常に整った顔立ちをしており、また今まで遭遇してきたアンデッドモンスターたちとは異なり、人間めいた衣服を着ている。

「よお、これで四度目だな？」

「ネズミが城内に入り込んでいると思ったら……また君かい。……前回は確実に殺したと思っていたんだけれどねぇ」

不愉快そうに足を組みながら、アンデッドはそう告げる。

見た目通り知能があるようだ。

「あいつがこの国を滅ぼした元凶、最上級アンデッドのリッチだ。あんな見た目だが、油断するんじゃねぇぞ」

田中が珍しく真剣な表情で言う。

「どうやら噂《うわさ》は本当だったみたいだねぇ。人間たちの中には、何度死んでも蘇《よみがえ》ることができる

〝勇者〟と呼ばれる者たちがいるって話……君がそれなんだねぇ。そっちのお仲間さんも同じかな？」

リッチはそうこちらに語りかけながら、ゆっくりと椅子《いす》から立ち上がると、いきなり大声で嗤《わら》い出した。

「あははははっ！　完全なる不死だなんて、それは僕たちアンデッドですら実現できないことっ！　ああ、羨《うらや》ましいっ！　なんて羨ましいんだっ！　羨まし過ぎて……」

次の瞬間、リッチの頭上に黒い炎が出現する。

「……何度でも何度でも殺したくなっちゃうじゃないかあああああっ!!」

黒い炎がこちらに向かって猛スピードで飛んできた。

「気をつけろ。こいつの炎は一度引火しちまったら、ちょっとやそっとじゃ消えねぇからな」

そう注意を促しつつ、田中が駆け出す。

「マジかよっ」

俺が慌てて黒い炎を躱すと、背後の壁に着弾する。

田中はこの間にすでに、リッチとの距離を詰め、ナイフを投擲していた。

しかしナイフは無人の玉座に突き刺さる。

リッチは宙へと舞い上がっていた。

おいおい、こいつ空を飛べるのかよ。

「あははははっ！　勇敢なネズミたちを歓迎しようじゃないか！　いでよ！」

空中に浮かび上がったまま、リッチが両腕を大きく開くと、部屋のあちこちに魔法陣が出現。

召喚魔法だ。

現れたのはスケルトンの兵士たち。剣や槍《やり》、それに弓など、装備しているものがそれぞれ異なっているため、なかなか厄介だろう。

「それ以前に、空中にいるリッチをどうやって倒すんだ？」

「はっ、こうすりゃいいだろうがっ」

田中がスケルトン兵士を無視し、ナイフを何本もリッチに向かって投擲していく。

宙を舞ってそれを躱すリッチだったが、

「っ……ナイフが曲がったっ？」

田中の投げたナイフのうちの一本が空中で軌道を変え、リッチの脚に突き刺さったのだ。

……ていうか、どこにあんな数のナイフを隠し持ってんだ？

「あははは、この程度の傷、一瞬で……なに？　再生しないだと？　まさか、僕のかわいい眷属《けんぞく》たちを、四体とも倒したというのかい……っ⁉」

驚くリッチだが、そこでさらにあることに気がつく。

「っ？　いない？　あの女はどこに行った⁉」

確かに田中の姿が見当たらない。スケルトン兵士を倒しつつ俺も周囲を見回してみるが、どこにもいないのだ。

「ここだ」

「～～～～っ⁉」

田中がその姿を現したのは、リッチのすぐ頭上だった。

いつの間に空中に……？

「死ねっ！」

二本のナイフを振り上げた田中が、それを両側からリッチの首へと突き刺した。

そのままぐるりとナイフを回転させると、リッチの首が宙を舞う。

空中から落ちてきた田中は床に着地。

一方のリッチは、頭部と胴体が泣き別れた状態で床に叩《たた》きつけられた。

「はっ、さっきのナイフはそっちに気を引かせるためのもの。そしていったん見失っちまったら、本気の隠密状態にあるオレの姿を見つけるのは絶対に不可能だ」

どうやら俺もまた田中の姿を見失わせられていたらしい。

「くっ……再生がっ……遅い……っ！」

顔を歪《ゆが》めるリッチの頭部が、再生しようとしているのか、ゆっくりと胴体に近づいていく。

これでも異常な再生能力だと思うが、やはり四体の上級アンデッドを倒したことで格段に弱まっているらしい。

スケルトン兵士たちが慌てて駆け寄ろうとするも、田中が蹴《け》散らしてリッチの頭部を踏みつけた。

「さすがのてめぇも、このまま頭部を潰せば終わりだろ」

足に力を込める田中。

しかしそのときである。突然、俺たちが入ってきた重厚な扉が開いたかと思うと、何かがこの玉座の間へと乱入してきた。

それはボロボロのマントを身に纏《まと》い、巨大な鎌を手にしたスケルトンだ。

宙にふわふわと浮いていて、死神を思わせる姿である。

「ああん？　何だ、こいつはよ？　今さら仲間を呼んでも遅ぇぞ？」

「……ふふふ、彼らの姿を見てもそう言ってられるかなぁ？」

「なに？」

その死神の影が蠢《うごめ》き出したかと思うと、影の中から見知った人間たちが吐き出されてくる。

レインたち復興騎士団だ。

「す、すまない……捕まって、しまった……」

「おいおいおい、てめぇら、何でそこにいやがるんだよ⁉」

ここまで常に冷静だった田中が、初めて感情を露《あら》わにして叫んだ。

「ぼ、ぼくたちだって……戦える……そう思って……」

どうやら田中の忠告を無視し、独自にこの古城を目指してしまったらしい。

その途中で捕まってしまったのだろう。

「あはははっ！　やはり君の仲間だったかっ！　殺さずに連れてきてよかったよ！　さあ、グリムリーパーよ、まずはそいつから冥途に送ってやるんだっ！」

リッチが命じると、死神がレインの頭上で大鎌を振り上げた。

レインはツタのようなもので身体を縛られ、まったく身動きが取れないような状況である。

「やめろっ！」

「あははっ、やめてほしいのかい？　だったらこの僕の頭からその汚い脚をどけてくれるかなぁ？」

「っ……」

田中が顔を歪める。

もしここでとどめを刺さなければ、リッチが復活してしまう。

だがこのままだとレインが殺されてしまうだろう。

勇者である田中や俺と違って、この世界の人間は一度死ぬと生き返ることはできないのだ。

とはいえ、ここでリッチを復活させてしまって、田中や俺がやられた場合、復興騎士団だけ無事に帰してもらえる、なんてこともあり得ない。

「ぼくたちのことは気にするな……っ！　今ここで、そいつを殺すんだっ！　そしてこの国を救ってほしいっ！　そのためなら、死んだって構わない……っ！」

叫んだのはレインだ。

「あははははっ、泣かせてくれるじゃないか。だけど君たち人間が、他人を見捨てるなんていう選択ができるかなぁ？　死に対するその覚悟を見た感じ、君は何度でも生き返ることができる勇者じゃなさそうだしねぇ？」

リッチがそれを一笑する。

しかもレインが勇者ではないと確信しているようだ。

それに対して、田中は。

「……はっ、そうだな。そうすることにするぜ。あれだけオレが忠告しておいたのに、そのざまだ。てめぇらが死んだところで自業自得だろ」

レインたちを切り捨てた。

おい、マジかよ、と思ったが、田中が一瞬、俺に送ってきた視線で理解する。

確かに俺の力を使えば、この状況からでもレインを助け出すのは難しいことではない。

慌てたのはリッチである。

「ま、待てっ……冗談だろう？　君は彼を見捨てるつもりなのかい……？」

「運が悪けりゃな？　オレがてめぇを片づけるが先か、あの死神がレインを殺すが先か。決して分の悪い賭《か》けじゃねぇだろ」

「あ、あのグリムリーパーは僕が死んだら消えるわけじゃない！　君が見捨てたら、あの男が死ぬのは確定だ！」

「そうか。まぁそれならそれで仕方ねぇ。てめぇを殺した後、すぐにあの死神をやりにいけば、死んでも二、三人だろう。必要な犠牲だ。そもそもよ、仮にオレがここでてめぇをいったん解放してやっても、あいつらを大人しく逃がしてくれるとは限らねぇだろ？」

「そ、それは約束しよう！　交換条件だ！　彼らの拘束を必ず解く！」

「田中っ！　避けろっ！」

そのときだ。天井《てんじょう》から田中めがけて何かが降ってきた。

「っ⁉」

俺の声でそれに気づいた田中が、咄嗟《とっさ》にその場から横に跳躍して逃げる。

そのままリッチの頭部の上に落ちたのは、直径二十メートルはあろうかという巨大な肉塊だった。

「おいおい、何だ、こいつはよ……っ⁉」

強烈な腐乱臭を漂わせる謎《なぞ》の肉塊。

よく見ると人間の頭や腕、足などが所々から飛び出している。

「あはははっ！　素晴らしいだろう⁉　こいつは僕の傑作品だ！　元人間だったアンデッドたちを集めて捏《こ》ねて作り上げたのさ！」

肉塊に潰されたかと思っていたリッチの頭が、塊の奥から姿を現して哄笑《こうしょう》を響かせた。

さらに泣き別れた胴体の方も、その肉塊に吸収されていく。

「悪趣味にもほどがあるだろ……っ！」

「そこの彼らも、この作品の一部にしてあげるよっ！」

「っ！」

死神がレインの首めがけて大鎌を振り下ろす。

だがそれよりも早く、レインの拘束が外れた。俺がツタを掘って切断したのだ。

「くっ……」

間一髪で大鎌を躱すレイン。

死神はすぐに追撃しようとしたが、今度はその大鎌の刃を根元から掘り、破壊してやる。

「田中っ、こいつは俺に任せておけ！」

「頼んだっ！　つっても、この肉塊、どうやって倒すってんだよ……っ！」

俺が死神の身体に順調に穴を開けていく一方、田中は肉塊でナイフを斬りつけていくが、

「無駄だよ！　中にいる僕には痛くも痒《かゆ》くもないねぇ！」

肉塊の奥に身を隠してしまったリッチには、何のダメージも与えられないらしい。

「今度は僕の方からいかせてもらうとするよ！」

リッチがそんな声を響かせた直後、肉塊から腕や足が生えてくる。

気づけばそこに巨人が出現していた。

無数のアンデッドで構成された腐肉の巨人だ。それが剛腕を振り回す。

「……なっ⁉」

攻撃を躱したように見えた田中だったが、腕の中から飛び出してきた頭蓋骨がその腹部に直撃し、吹き飛ばされてしまう。

「がっ……くそっ……」

何度か地面を転がった後、田中は壁に激突した。

「あははははっ！　さすがの君も、打つ手なしのようだねぇ！　それに……」

どうにか立ち上がった田中だったが、リッチがあることを指摘する。

「見てごらん？　今、君が攻撃を受けた箇所をねぇ」

「何だと……？　っ……これは……」

田中が絶句したのは、飛んできた頭蓋骨が激突した腹部に、くっきりとした歯型が付いていたか

らだ。

「あははは っ！　アンデッドに嚙《か》まれたらどうなるか、知っているかい？」

「まさか……」

「そう！　アンデッドになってしまうんだよ！　あははは っ！　これで君も僕たちの仲間入りだねぇ！　何度死んでも生き返る勇者だけれど、死ななければ生き返ることはできないだろう？　君はこれからずっと生きる屍《しかばね》として、僕が可愛《かわい》がってあげるよ！　あははっ、あははははっ！」

見ると、田中が嚙まれた部分の肌が青く変色していて、しかもその範囲が少しずつ広がりつつあった。

「はっ……なら、オレがアンデッド化するのが先か、てめぇが消滅するのが先か、勝負ってことだなっ！」

田中はむしろ楽しげに笑うと、腐肉の巨人に立ち向かっていく。

「おい、穴井《あない》！　やつの身体に穴を開けろ！　できんだろっ？」

「ああ！」

「狙《ねら》いは一番分厚い、土手っ腹だ！」

すでに死神を倒していた俺は、田中に呼応するように腐肉の巨人との距離を詰めると、その腹部に掘削攻撃を連発した。

ズドドドドドドドドドドドッ!!

スキル〈五連掘り〉を獲得しました。

穴の中と比べると威力が大幅に落ちていたが、それでも腐肉があまり硬くないこともあって、人間一人が通り抜けられる大きさの穴が深々と空いた。

「何だとっ⁉」

その腐肉の穴の奥。

そこに身を潜めていたリッチの驚愕《きょうがく》した顔が見えた。

「でかしたぜっ！」

その穴目がけ躊躇《ちゅうちょ》なく飛び込んでいく田中。

穴を閉じようと周囲の肉が蠢き出すが、田中がリッチに届く方が早かった。

「あああああああああああああああああっ⁉」

リッチの断末魔の叫びが轟《とどろ》く。同時にその状態を保てなくなったようで、腐肉の巨人の身体がボロボロと崩れていった。

田中は腐肉が散乱する中に倒れていた。

「大丈夫か？」

「穴井、オレを殺せ」

「っ？」

「放っておいたらアンデッドになっちまうからな。その前にオレを殺してくれ」

「田中……」

「……今の、一度言ってみたかったんだよなぁ」

「おい」

正直あまりやりたくないが、どのみちバルステの王宮で生き返るのだ。

ここはこいつの言う通りにするしかない。

「くくっ、どうせならてめぇのその穴掘りでオレの頭を吹き飛ばしてくれよ？」

「……お前マジでどうかしてるぜ」

と、そこへレインたちが申し訳なさそうに近づいてきた。

「本当にすまない……ぼくたちのせいで……」

「はっ、だからオレたち勇者に任せておけっつっただろーが。ま、今さら説教しても仕方ねぇけどよ」

「……」

「それより、こいつをやるよ」

そう言ってどこに隠し持っていたのか、ボロボロになった本のようなものを取り出す田中。

……こいつ、もしかしたら収納系の能力か何かを持っているのかもな。

やたらナイフをたくさん持ってるなと思ってたが、それなら納得がいく。

【シーフ】だし、あり得ないことではない。

そして死んで生き返っても、収納してあるアイテム類は失われないのかも。

「……これは？」

「かつての騎士団長が遺《のこ》した記録だ。こいつのお陰で、リッチの倒し方が分かったんだよ」

「まさか、父上の……？」

驚きつつもレインがそれを受け取る。

「おい、穴井、とっととやれ。そろそろ限界っぽいぞ」

「分かった。生き返ったら、金ちゃんの商会を訪ねろ。俺のダンジョンへの行き方を教えてくれるはずだ。それから俺のことは王宮に黙っててくれ。リッチを倒したのは、お前と復興騎士団だ。いいな？」

「うるせぇ、この状況であれこれ言うんじゃねぇよ。早く殺せ」

そうして俺は本人の希望通り、田中の頭を消し飛ばした。

するとしばらくして、胴体の方もゆっくりと消えてなくなっていった。身に着けていた衣服だけがその場に残される。

どうやら勇者の身体は死ぬと完全に消失するようだ。

武器やアイテムなどは見当たらないので、やはり収納系の能力によって、生き返っても引き継げるのだろう。

「父上の……日誌だ……」

レインが呟く。

どうやら田中が渡したのは、レインの父親でもあった当時の近衛騎士団長が、日々の訓練の様子などを記録した日誌だったようである。

内容としてはもちろん騎士団での話ばかりだったが、それでも涙を流しながらそのページをめくっていくレイン。

すると最後のページで、彼は手を止めた。

「これはまさか……ぼくへの……」

そこにレインの父親が死の間際《まぎわ》、リッチの弱点と共に遺した最後の言葉が書かれていたのである。

『愛《いと》しい我が子よ。ろくに構ってやれなかった父を許してくれ。そしてこの国の騎士としては不心得な願いかもしれぬが、平和な他国に逃げてほしい。お前には父の分まで、幸せに生きてもらいたいのだ』

レインの目から涙が零れ落ち、仲間たちも泣き出す。

——だからオレたち勇者に任せておけってったろーが。

俺は先ほどの田中の言葉を思い出していた。

きっとあいつはこの日誌の示す人物がレインだと分かっていて、それで同行を許さなかったのだろう。

「田中のくせに、意外と優しいじゃないか」

思わずそう苦笑した、そのときだった。

ブオオオオオオオオオオオオオオオッ‼

いきなり周囲に凄《すさ》まじい上昇気流が巻き起こる。

一体何だと狼狽《うろた》えていると、その気流が空中に集束していき、青白い影のようなものを形成した。

そいつはゴーストだった。しかもその姿は、

「リッチ⁉」

「あはははははははっ！」

向こう側が透けた青白い身体で、リッチが笑い声を響かせる。

「まさかあれで僕を倒せたとでも思ったのかい？　僕は最上級アンデッドだ！　その気になりさえすれば、ゴーストにだってなることができるんだよねぇ！」

思いがけないリッチの復活に、レインたちが涙を拭って叫んだ。

「くっ……彼女の死を無駄にしてたまるか！　ゴーストに物理攻撃は効かない！　魔法を放て！」

「「「はっ‼」」」

魔法を使える騎士たちが、一斉に攻撃魔法を発動した。

だがリッチゴーストは俊敏に空中を飛び回って、それらを軽々と回避する。

「無駄だよ無駄っ！　肉体の枷《かせ》から解き放たれた僕は、稲妻のように速く動けるんだ！　そんな魔法が当たるわけないさ！　さあ、次はこっちの番だよ！　みんな、集まってくるんだ！」

リッチゴーストの命に応じて、壁や床をすり抜けて次々とゴーストが姿を現す。

「できるだけ原形を留めたままにしておきたいねぇ。あの勇者の女は逃しちゃったけれど、次にまたきたときに君たちの死体を見せてあげなくちゃいけないか――あれ？」

意気揚々と悪趣味な展望を語っていたリッチゴーストだが、その身体の一部が消失した。

「な、何が……？」

さらにまた別の部分が消し飛ぶ。

「っ⁉　おい、何をしたっ⁉　僕のこのゴーストの身体が、消されているなんてっ⁉」

目に見えないのも無理もない。

なにせ俺が遠隔でやつの身体に掘削攻撃を喰らわせているからだ。

これがゴーストに効くのは確認済みだからな。

しかも攻撃魔法と違って飛んでくるところが見えないため、回避するのも難しい。

ちょっと距離があるので威力が弱めだが、それでもどんどんやつの身体を削り取っていく。

「くそおおおおっ！」

「あっ、逃げやがった」

だが逃げられてしまうと攻撃が当たらない。

俺はすかさずやつを追いかけた。

「お前の仕業かああああああっ⁉　だが、距離があると威力が落ちるようだねぇっ！　そして壁をすり抜けて逃げたとしたらどうだいっ⁉」

さすがに犯人が俺だと気づいたようで、壁を通って玉座の間から逃走しようとするリッチゴースト。

俺はそのまま壁に穴を開けて一直線に後を追う。

「か、壁が消失したあああああっ⁉」

絶叫するリッチゴースト。

さらに今度は床に沈んで姿を消したが、俺はその床を掘って追跡する。

「一体どうなっているんだい⁉」

「絶対逃がさないってことだ」

追いかけながらも俺は攻撃を続けている。

距離があるためさらに威力が弱まっているが、それでも確実にリッチゴーストの身体が小さくなっていく。

「こ、これならさすがに追ってこれないだろうっ！」

一階まで逃げたリッチゴーストは、ついには地中へと逃げ込んだ。

「むしろその先は俺のフィールドだぞ？」

もちろんそのまま穴を掘って後を追う。

地中に飛び込んだことでステータスアップの恩恵を受け、身体が軽くなった。

逃げるリッチゴーストの距離が一気に詰まっていく。

「どうなっている⁉　今のこの僕より速く動けるなんて……っ⁉　ああっ……身体がっ……消えてっ……い、嫌だっ……僕はっ……消えたく……な……」

リッチゴーストの姿が完全に消失する。

今度こそ倒すことができたようだ。その証拠に、地中から古城に戻ると真っ暗だった窓の外が薄っすらと明るくなりつつあった。

リッチを倒したことで、この国に太陽が戻ってきたらしい。

「やつを倒したのかい⁉」

「見てみろ、外がどんどん明るくなってきてるだろ」

「本当だっ……ようやく……ようやくこの国に朝が……」

玉座の間の窓から差し込んでくる陽《ひ》の光に、レインが泣き崩れる。

この日をずっと夢見てきたのだろう、慟哭《どうこく》する騎士たちもいた。

さらに街を徘徊していたアンデッドたちが、太陽光から逃げるように建物の中や地中に隠れていくのが見えた。

すぐには一掃できないかもしれないが、少なくとも昼間なら有利に討伐ができるはずで、いずれは人が住める環境が戻ってくるだろう。

……俺も従魔たちを使って、少しでも貢献するとしよう。

「君の……いや、君たちのお陰だ。本当にありがとう」

涙で目を真っ赤《か》に充血させながら、レインが礼を言ってくる。

「これでそう遠くないうちに、他国に避難した人たちも戻ってくるはず。必ずこの国を復興させてみせるよ。ほとんどの王族の方が亡くなられたけれど、何とか国から脱出された方もいる。理想を言えば、ノエル様がいらっしゃったならよかったのだけれど……」

「ノエル様？」

「この国にリッチが現れたとき、まだ生まれて間もなかった第一王子殿下だ。王都にアンデッドが溢《あふ》れかえる中、幸いにも生誕の儀式のために地方にいらっしゃったため難を逃れたんだ。ただその後、無事にバルステに入られたという話を聞いて、安堵《あんど》していたのだけれど……三歳の頃に人攫《ひとさら》いに遭われたそうで……一体今はどこにいらっしゃるのか……無事であられるのか……」

何だろう……どこかで聞いたような話だ。

しかもノエルか。

十年ほど前に生まれて間もなかったのなら、今はちょうど十歳ぐらいである。

心当たりがありまくりだ。

「そういえば、勇者様はバルステで召喚されたのだったな？　もし何か心当たりがあれば、どんな些細《ささい》な情報でも構わないから教えてほしい」

「ああ、心当たりがあるぞ」

「……いや、さすがに他の世界からこの世界に来たばかりの君に、そんなことを言っても――――え？ある？」


俺はレインを連れて生活拠点に向かっていた。一刻も早く会いたいというので、俺が彼を抱えて走っている。

「ななな、なんて速さなんだ⁉　君は本当に人間なのか⁉」

「【穴掘士】だから、穴の中だと速く走れるんだよ」

レイン一人だけなのは、このダンジョンのことをあまり大勢に知られたくないからだ。

エルフたちは樹海暮らしだし、外に話が広がる心配はなかったのだがな。

「よし、着いたぞ」

そうして生活拠点へと辿《たど》り着く。

「な、何なんだ、ここはっ⁉　畑や果樹園があるかと思えば、キッチンやソファが置いてあるしっ……」

「一応さっき説明した通り、俺のダンジョンだ。もちろん絶対に他言無用だぞ」

そして俺は子供部屋からノエルを呼ぶ。

「あ、あの……僕に、何か御用が……？」

おっかなびっくりやってきたノエルを見て、レインが叫んだ。

「ノエル様！」

「え？」

「間違いない……そのお顔、王妃殿下にそっくりでございますっ！　ああ、こんなにも大きくなられて……」

どうやらノエルは母親似らしい。

「あ、あの……あなたは、一体……？」

「はっ。……失礼いたしました。当然、何もご存じありませんよね」

レインはその場に跪《ひざまず》く。

「え？　え？　え？」

訳が分からず動揺しているノエルに、レインは恭しく告げる。

「実はあなた様は、テレス王国の第一王子、ノエル＝ピエール＝テレス殿下なのでございます」

「ぼ、ぼくが王子……？　な、何かの間違いじゃ……」

「いえ、間違いなどではございません。とある凶悪なアンデッドによって王国が滅ぼされた際、幸運にもバルステ王国に避難してこられたのでございます。ただその後、人攫いに遭い、行方《ゆくえ》が分からなくなっていたのです」

レインの話に、後ろの子供たちから「どこかで聞いた話ね？」という呟きが聞こえてきた。

俺もそう思う。

「直系の王子であるあなた様こそ、テレス王国を復興させるための新たな王に相応《ふさわ》しいお方！　今や散り散りバラバラになってしまった民たちも、あなた様の無事を知れば、きっとまた王国に戻ってくるでしょう！」

「え、あの、ちょっと……えっと……」

レインは興奮しているのか異様なテンションだが、ノエルは狼狽えるばかりだ。

見かねて俺は話に割り込む。

「ま、まぁ、本人は今までそんなのとは無関係に生きてきたわけだし、いきなり言われても困るだろう」

「た、確かに……君の言う通りだ……。の、ノエル様っ、申し訳ございません……っ！」

というか、ただでさえ引っ込み思案なノエルだ。

しかもまだ十歳。

国王となって国の復興を託されるなんて、どう考えても責任が重すぎるだろう。

「ひとまずノエル様がご無事であったということは、仲間たちに伝えようと思う。無論、このダンジョンのことは誰《だれ》にも話さない」

そう言い残して、レインはいったん復興騎士団の拠点へと戻っていった。

ちなみに彼にだけは、その拠点近くに作ったダンジョンの入り口を教えておいた。

廃墟《はいきょ》となった街の非常に分かりにくいところにあるため、知っていないとまず見つけられないはずだ。

「あの……お兄さん……」

「ん？　どうした、ノエル？」

「さっきの話……もう少し詳しいことを教えていただけませんか……？」

やはり自分の出自が気になるのだろう。

どこまで伝えてよいものかと少し悩んだが、俺は今回の一連の出来事も含めて、すべて話して聞かせることにした。

「そういうことだったんですね……なるほど……ぼくの生まれた国が……そんなことに……」

聞き終えたノエルは、やはり少し戸惑いつつも、神妙に頷く。

「だがそんなに気負う必要はないと思うぞ？　王子として育ってきたのならともかく、完全に無関係な人生を送ってきたんだからな」

「……そう、ですね。だけど、彼らはぼくに期待している……国王として、国を立て直してほしい、と」

「いきなり重すぎるよなぁ」

「確かに、重荷に感じているのは、確かです……でも……実は、少し嬉《うれ》しいんです……」

「嬉しい？」

「は、はい……だって、ぼくは、何もできない人間で……誰からも期待なんてされなくて……そんなぼくが、必要とされるなんてっ……」

真剣な顔でノエルは言う。

「もし本当に、ぼくなんかにそれが務まるんだとしたらっ……やってみたい、です……っ！　……い、今は、まだちょっと早いですけど……そのうち……」

可愛らしい見た目だが、意外と芯《しん》の強い少年のようだ。

と、そのとき。

「ノエルならできるよ！」

「わ、私もそう思います！」

「同意だわ。何だかんだでノエル、意外と男の子だし」

「どうかしらね？　王様になろうっていうなら、まずはハキハキと喋《しゃべ》れるようにならないと話にならないわよ？」

割り込んできたのは他の子供たちだ。

ノエルの部屋で話をしていたのだが、どうやらみんなこっそり聞いていたらしい。

「みんな……ありがとう！」

一部辛辣な意見もあったが、他の子供たちからのエールを受けて、ノエルは力強く頷いた。

「お兄さん、できれば一度、ぼくの生まれた国を見に行きたいです」

「ああ。それくらいお安い御用だ。ただ今はアンデッドが溢れかえっているからな。しばらくしてからだ」

「はいっ！」

それから数日後、再びレインがやってきた。

「ノエル様、先日はあなた様のお気持ちも考えずに、不躾《ぶしつけ》なことを申し上げて、誠に申し訳ありませんでした。あれから仲間たちとも話し合い、やはりノエル様ご自身のお考えもあるだろうと意見を共有してまいりました。もちろん我らとしてはノエル様に王として我らを導いていただきたい気持ちがございますが、最終的にはノエル様の意思を尊重させていただきたく存じます」

まさしく王に侍《はべ》る騎士のごとく、恭しく跪いて前回の非礼を詫《わ》びるレイン。

するとノエルは、

「……か、顔をお上げください」

と応じてから、

「ぼくが王子だなんて、寝耳に水で……正直、まったく実感がありません……でも、皆さんの、祖国復興にかけるお気持ちは、すごく伝わってきました」

「ノエル様……」

「ぼくなんかに、王様なんて務まるか分からないですけど……いずれ、時がきたら、その気持ちに応《こた》えたい……ぼくは、そう思っています」

「ほ、本当でございますかっ⁉」

「は、はい……その代わり、教えてほしいと思います……どうすれば、それに相応《ふさわ》しい人間になることができるのかを……」

「もちろんでございます！」

ノエルの言葉に、涙ながらに何度も頷くレイン。

「ああ、やはり王家の血を継ぐお方……様々な不幸に遭われながらも、この年でこれほどの立派な考えと心をお持ちとは……」

「い、いえ、ぼくはまだ、そんな……全然というか……」

本人は謙遜しているが、意外と立派な王様になれるかもしれないな。

「ところで、実はマルオ氏にお願いがある」

「俺に？」

「ああ。復興騎士団のみんなと話し合った結果、ぼくはここでノエル様の護衛に従事しようと思う。無論、君の力を疑っているわけではないが、やはり復興騎士団のみんなとしても、近くにぼくがいた方が安心できるとのことだった」

「本当か？　もちろん構わないぞ」

むしろこちらからお願いしたいくらいかもしれない。

なにせシャルフィアがここで暮らすようになり、また女性が増えてしまったのだ。

なぜか女性が増えるのを美里が良く思っていないのだが、男だったら問題ない。むしろ女性割合の大きさを中和してくれる可能性がある。

それから子供たちに頼んで、新しく彼の部屋を作ってもらうことに。

「トイレとお風呂《ふろ》は三つあるが、どちらも一番右側のやつを使ってくれ」

「了解した」

男が少ないため、男性用の風呂とトイレは一つしかないのだ。まぁ三人なら十分だろう。

そういえば田中が死ぬ間際、生き返ったら一度俺のところに来てくれと伝えていたのに、まだ何の音沙汰もないな？

まさか生き返ることができなかったなんてことはないと思うが……。

少し心配になっていると、田中がしれっと現れた。

「遅かったじゃないか」

「うるせぇよ。文句があるなら金玉野郎に言え」

たぶん金ちゃんのことだろう。金玉て。

「あの野郎、このオレをまったく信用しやがらねぇんだ。お陰で口を割らせるのに苦労しちまったぜ」

「おいおい、まさか力づくで聞き出したんじゃないだろうな……」

「秘書の女ともやり合う羽目になったぜ」

「何やってんだ……」

どうやらメレンさんと戦ったらしい。

「それもこれもてめぇがちゃんと伝えておかねぇからだろうが？　ああ？」

「う……言われてみれば……すまん」

金ちゃんとメレンさんにも迷惑をかけてしまった。

あとで謝りに行かなければ……。

「ちっ、罰としててめぇのケツ穴にナイフ突っ込ませろ」

「さすがに罰が重すぎる！」

俺への罰は、田中が各地に移動する際、このダンジョンを自由に利用する権利で許してもらった。

道が常に平坦《へいたん》で一直線なので、地上を普通に移動するよりずっと早いはずだ。

「ついでに移動手段も貸してやるよ」

「うおっ、何だ、このデカいモフモフは？」

「マンガリッツァボアっていう、豚の魔物だ」

自動車並みの速度が出るため、こいつに乗っていけばもっと早く移動できるだろう。

「(デカいけど……かわいいな……)」

「ん？　何か言ったか？」

「な、何でもねぇよ！」

『おめでとうございます！　レベルアップしました！　新たな機能が追加されました』

ダンジョンのレベルが9になった。

新機能は「フィールド変更Ⅱ」で、新しくフィールドF、G、Hを作ることができるようになっていた。

フィールドF（500）
フィールドG（1000）
フィールドH（1500）

「かなり要求ポイントが大きいな。まぁ最近はポイントが余りがちだし、全部一気に作ってみるか」

このフィールド変更には、いつも必ず広いスペースが要求される。そのため俺は生活拠点を広げ、新たに専用の部屋を作った。

フィールドFを作成すると、もくもくと湯気が立つ水溜《た》まりが出現する。

「これってまさか……温泉か？」

手を突っ込んでみると、ちょうどいい熱さのお湯だった。

改めてステータスで確認してみると、「フィールドF」が「温泉フィールド」になっている。

どうやらダンジョンで温泉に入ることができるようだ。

このダンジョン温泉は、すぐに大人気となった。

「すごくいいお湯ね！　入るとお肌がすべすべになるわ！」

「元から美しいあたくしが、もっと美しくなってしまいますの」

何の仕事もしないアズとエミリアは一日に何度も入るようになり（働け）、子供たちも普通のお風呂は使わなくなり、毎日この泳げるほど広い温泉に入るようになった。

人間（と魔族）だけではない。

従魔たちも温泉が気に入ったようで、よくぷかぷかと浮いている。

女性陣が温泉を占領する感じになってしまったため、俺はもう一つ新たに温泉を作った。

こちらは男性用だ。

「ノエルとレインはこっちの温泉を使ってくれ」

「わ、分かりました」

「了解だ」

女性人数が多いので、俺たち男は肩身が狭い。

「（まぁ、ノエルは完全に見た目が女の子だし、レインも中性的な感じだけどな……）」

女性ばかりを集めていると、美里に勘違いされるかもしれない。

「ええと、次はフィールドGだな。……ん？　どういうことだ？　何も起こらない？」

1000ポイントも使用してフィールドGを作成したにもかかわらず、なぜかそれらしい変化が見られなかった。

ポイントを確認してみても、ちゃんと消費された状態になっている。

「何だ？　もしかしてエラーか？」

『いいえ。命令はすでに反映されています』

困惑しつつステータスを確認すると、「フィールドG」は「鉱山フィールド」になっていた。

どうやらこのフィールドからは鉱石が採れるらしかった。

畑で勝手に野菜が育つように、放っておくと勝手に鉱石が作られるようだ。

実際にしばらく放置してみると、床や壁などに多彩な色合いの鉱石が出現した。今までのフィールド同様、その種類はランダムらしい。

鉱石部分を壊してしまわないよう、周辺を繊細な穴掘りで削って採掘する。

その気になれば、掘る量を極限まで少なくコントロールすることができるのだ。


スキル〈繊細掘り〉を獲得しました。

スキル〈微量掘り〉を獲得しました。


色んな種類の鉱石が手に入ったが、俺にはまったく使い道がない。

というわけで、金ちゃんのところに持っていくことにした。

「おお、丸夫殿《まるお》！　今日は何の用でござるか？」

「実はダンジョンでこんなものが採れるようになったんだが」

そう言ってテーブルの上に色とりどりの鉱石を置いていく。

「ダンジョンで鉱石が⁉　つ、ついにそこまで来たでござるか……って、しかもこれ、ミスリルではござらぬか⁉」

「もしかしてこの銀色に輝いてるやつか？」

ミスリルといえば、ファンタジー世界で有名な希少金属の一つだ。

これで作られた装備は非常に強力で、この世界の戦士たちにとっては、ミスリル装備を身につけるのが一つのステータスらしい。

確か天野《あまの》たちも、王宮から支給されたミスリル装備を使ってたっけ。

「この輝き……純度も申し分ないでござるよ」

「俺には使い道がないし、金ちゃんの方で上手く利用してくれ。たぶん放っておけば、またいくらでも作られると思う」

「もはや何でもありでござるな……」

その後、フィールドHを作成すると、マンションが出現した。何を言っているか分からないと思うが、俺にも分からない。

どうやら「フィールドH」は「団地フィールド」だったようだ。

１５００ポイントを使い、指定した一帯に作成すれば、五階建ての「コ」の字型をした建物が出現する。各階十二部屋、全部で六十の部屋で構成された建物だ。

部屋の広さはすべて共通の３ＬＤＫ。

当然ながらトイレやお風呂、キッチンなどが付いていて、収納スペースも多い。

もちろんこれを作成するのに、かなり広いスペースが必要だった。

天井も高く、どこかの市民体育館のような広大な空間だ。

「こんなに住む人間いないんだが？　まさか、今後このダンジョンにこれだけの住民が増えていくというフラグじゃないだろうな……？」

そんな不安を抱きつつ、とりあえず今は使い道もないので放置しておくことにした。


その日、男性用の温泉に入ると先客がいた。

「レインか。どうだ？　ここでの生活には慣れたか？」

「……っ⁉」

「ん、どうした？」

なぜか俺の裸を見て目を見開いたかと思うと、慌てて顔を背《そむ》けるレイン。

俺はハッとする。

男湯だからと何の気なしに全裸で入ってきてしまったが、これは温泉文化のある日本の感覚だ。

そうした文化のない外国人には抵抗があると聞くし、この世界の人も同様に、いきなり全裸で現れた俺に驚くのも当然だろう。

よく見るとレインは胸のところまでタオルで隠した状態で、お湯につかっている。

俺は慌ててタオルで股間を隠した。

「すまない。俺のいた世界では、みんな裸で入るのが一般的だったんだ」

「……そ、そうなのか……いや、別に謝ることじゃない」

身体が温《ぬく》まったせいかもしれないが、レインは心なしか顔を赤くしてボソボソと言う。

しまったな。気まずい感じになってしまった。

しかも元から中性的な顔立ちのレインが、胸のところまでをタオルで隠すスタイルでいるせいで、なんとなく女性のように見えてしまう。

幸い湯気で互いが見えにくいので、少し距離を取って湯船に浸かった。

するとしばらくして、レインが意を決したように、

「マルオ氏っ……温泉というものは、裸で入るというのが一般的なんだなっ？」

「え？　一応、俺の世界ではそうだったが……」

「ならば、ぼくもそれに準じるとしよう！　郷に入っては郷に従えというし、ここに住まわせてもらっている身として、君たちのルールに則るのがやはり礼儀というもの！」

「そこまで真剣に捉えるようなものでは……別に気にしないし……」

「いいや、君がよくとも、ぼく自身が許せない！」

ざばん、と勢いよく立ち上がるレイン。

そうして濡《ぬ》れたタオル越しの肢体が露わになったその瞬間、俺はこれまでとんでもない間違いを犯していたことに気がついた。


「……は？　胸が……膨らんでいる……？」


俺はずっとレインのことを、中性的な顔立ちのイケメンだとばかり思っていた。

身長が俺とあまり変わらず、しかも鎧に身を包んでいた上に、厳《いか》つい男ばかりの集団を率いていたことで、端からそう決めつけてしまっていたのだ。

だが思い返してみれば、今までレインが男だと聞いたことは一度もない。

女だとも言われていないが……ちゃんと疑ってみるべきだったのだ。

「ま、待ったあああああああっ！」

俺は慌てて叫んだが、間に合わなかった。

そのときにはすでに、レインは辛うじて裸体を隠していたタオルを、勢いよく引き剝《は》がしてしまっていたのである。

「こ、これでぼくもここの一員になれた気がする……っ！　ちょっと恥ずかしいけれどっ……でも、開放感もあって、なんだかすがすがしい気持ちにもなるね！　ん？　どうしたんだい？　ぼくもタオルを外したのだから、君も外せばいいだろう？　なぜ蹲《うずくま》って顔を背けているんだ？」

全裸のまま近づいてくるレインに、俺は思わず「こっちに来るなっ⁉」と叫んでしまったのだった。


「え、お兄さん、レインさんのこと……男性だと思っていたんですか……？」

「気づいていたなら教えてくれよ⁉」

温泉での一件について、今や唯一の俺以外の男となったノエルに話すと、予想外の返事が返ってきて面食らった。

「あ、あんなに美人な男性がいるわけないですよ……」

「お前がそれを言うか？」

むしろノエルがいたからこそ、男でもおかしくないと思ったのかもしれない。

「た、確かに、変だなとは思ってました……レインさんにだけ、男性用のお風呂とトイレを教えてましたし……」

「マジでそのときに指摘してくれ……そうしたらあんな悲劇は起こらなかっただろう……」

とそこで、俺はある衝撃的な考えに思い至る。

「待て。ノエル……お前は本当に男だろうな……？」

「ぼ、ぼくは男ですよっ⁉」

「もはや実際に確かめるまでは信じられん」

「そ、そうですか……それならっ……今ここで……っ！」

覚悟を決めた顔になったノエルが、パンツに手をかけたところで俺は慌てて止めた。

「いや、別に見せなくていい！　脱ぐんじゃない！」

「でも、だったらどうやって確認するんですか……っ⁉　ぼくの年齢だと、女の子でもまだ胸は膨らんでないでしょうし……」

「信じる！　信じるから！　だからこんなところで脱がないでくれっ！」

男の子とはいえ、その裸をチェックするなんて完全に変態である。

しかも見た目は男の娘なのだ。

傍《はた》から見たらヤバい光景にしか見えないだろう。

「じゃ、じゃあ、そのうち一緒に温泉に入ろう。その方がまだマシだ」

「……分かりました」

ちなみにあの後、レインには本当のことを伝えて謝った。

彼——いや、彼女もまさか俺が男だと勘違いしているとは思っていなかったらしい。

『では男女だと、裸で温泉に入ったりはしないのか……？』

『まぁ、一応ないこともないんだが……混浴っていう言葉もあるし……』

『なるほど……ないこともないのか……』

『？』

『い、いや……確かに最初は恥ずかしかったのだけれど、やってみたら開放感があって、なんだか少し、その……気持ちよかったというか……興奮したというか……だから別に今後はその混浴でいいんじゃないかなっていう気も……』

もしかしたら俺は、彼女の特殊な性癖を目覚めさせてしまったのかもしれない。

◇　◇　◇

バルステ王国第四王女セレスティアは、その吉報を驚きをもって受け止めていた。

「旧テレス王国を支配していたアンデッドが倒された……？」

「はい、間違いありません。夜が明けることがなかったあの地域に、太陽が出ていることも確認されております」

今からおよそ十年前。

バルステ王国と隣接していた小国、テレス王国に突如として現れた最上級アンデッド。

危険度Aに指定されたその凶悪な魔物によってテレス王国は滅ぼされ、それ以来、同王国領はアンデッドモンスターが蔓延《はびこ》り、永遠に朝が来ない魔境と化していたのだ。

「かつて我が王国からも援軍を派遣したものの、大きな被害と共に撤退を余儀なくされました。そのアンデッドが討伐されるとは……一体何があったのですか？　今もなお国を取り戻すために活動しているという復興騎士団だけでは、戦力的にとても難しいはず……」

「詳しいことはまだ調査中ではございますが、どうやら勇者様が彼らに協力し、共に戦ったようです」

「勇者様が？　ですが、少なくともわたくしの知る限り、テレス王国に挑戦中の方はいなかったはず……」

かなり自由な行動を認めているとはいえ、勇者たちの動向はある程度、把握しているはずだった。なにせ彼女が主導し、彼らをこの世界に召喚したのである。

「把握できていないのは数人だけ……ただ、ドラゴン級の勇者様は全員、最近の居場所が分かっています。かなり動向が摑《つか》みづらいイチノセ＝リン様も、しばらく大樹海に挑んでいたそうで音沙汰がありませんでしたが、つい先日、王宮に顔を出されましたし……」

となると、ドラゴン級以外の勇者ということになる。

「まだ確定ではございませんが、今のところ、タナカ＝ウサギ様である可能性が有力です」

「……なるほど。確かに、あの方なら……」

ユニコーン級の【シーフ】だが、幾度となく死に戻りながら、ドラゴン級に勝るとも劣らない数々の実績を積み上げているのが勇者ウサギだ。

しかも常にソロである。

「自由人すぎて、まったくコントロールできない方ですが……まさか、これほどの活躍をされるとは……」

「そしてもう一人、別の勇者様が関《かか》わっていた可能性が」

「もう一人？　どなたでしょう？」

「それが、こちらはあまり目撃情報もないようでして……それでも数少ない情報からその特徴を整理してみたのですが……まったくそれに当てはまる勇者様がいらっしゃらないのです」

「該当者がいない……？」

不思議な話に首を傾《かし》げるセレスティア。

しかし実は、該当者がいないわけではなかった。

単にその勇者――アナイ＝マルオの存在が、忘れられていただけである。

第六章 ✥ 王女の試練

王女セレスティアのもとに寄せられた報告は、アンデッド討伐の吉報だけではなかった。

そして残念ながらそちらは凶報だった。

「モルガネの冒険者たちが、都市のすぐ近くに謎《なぞ》のダンジョンを発見……？　さらにその入り口が消えてなくなってしまった……？」

王都に次ぐ、王国第二位の都市モルガネ。

そこで活動していた冒険者パーティが、都市からほんの数十分ほどの距離のところで未知の洞窟を見つけ、中に足を踏み入れてみたという。

とても自然にできた洞窟とは思えず、未発見のダンジョンではないかと考えながら奥に進んでいくと、凶悪な魔物に遭遇したらしい。

「彼らはBランクの実力派パーティ。にもかかわらず、その魔物にまったく歯が立たず、すぐに撤退したそうです」

それだけならまだよかった。

都市のすぐ近くという懸念はあるものの、新しいダンジョンが出現すること自体は別に珍しいことではない。

「問題はその報告を受けたギルドが、後日、改めてそのダンジョンを調査しようとしたところ、どこにもその入り口が見当たらなかったというのです。発見した冒険者パーティも確認したようですが、やはり見つからず、首を傾《かし》げるばかりだったそうです」

「……突然現れ、そして忽然《こつぜん》と消えてしまうダンジョン……まるでまったく同じ報告を受けているかのようですね……」

彼女が知る限り、これで三度目だ。

ダンジョンの出入り口は一般的に、現れたり消えたりすることはない。

過去にほんの数例だけ、記録がある程度だ。

それも信憑性《しんぴょうせい》の低いものばかり。

「そんなダンジョンが、急に幾つも……？　いえ、それとも、まさか……すべてが繋《つな》がっている、一つのダンジョン……？」

二つの例はどちらも王都近くなので、あり得ない話ではない。

しかしモルガネはここから百キロ以上も離れている。

「もし同じダンジョンだとしたら……全長が少なくとも百キロ以上……？」

信じがたい話に、セレスティアは戦慄《せんりつ》を覚えるのだった。

「……頭を抱えたくなるような話ばかりですね。希望があるとすれば、勇者様の存在……だというのに」

大きな溜息《ためいき》を吐くセレスティア。

実は近いうちに、重大な任務に赴かなければならないのだ。

それも下手をすれば、命を落としかねない危険な任務である。

「必ず生きて帰ってこなければ……勇者様方のためにも、この国のためにも……」

◇◇◇

その日、俺《おれ》は金ちゃんに呼び出されていた。

「忙しいところ、すまぬでござるな、丸夫《まるお》殿」

「いや、金ちゃんと比べればのんびりしてると思うぞ？　それより鉱石はどうだ？」

「宝石にできそうなのは加工して、ジュエリーにして売りに出しているでござるよ。この辺りではそう簡単には手に入らない品質らしく、こんな輝きは見たことないと顧客に絶賛されているでござる」

食材を売って寿司店も経営して、その上、ジュエリーまで売り始めたとなると、もはや何の店か分からない。

「モルガネでの商売も順調でござるよ。それもこれも、丸夫殿のお陰でござる」

なんだか今日はやけに俺を持ち上げてくるなと思っていると、

「それで一つ、お願いがあるのでござるが」

「何だ？」

「今、うちの従業員の中で、仕入れの秘密を知っているのは拙者を除けばメレン殿だけでござる。ただ今後、さらに事業を拡大していこうと考えれば、せめてうちの幹部たちにだけでも真実を伝えておきたいのでござるよ」

「……なるほど」

確かに幹部陣に隠し通したまま、事業を広げていくのは難しいだろう。

「けど、メレンさんみたいな魔法契約は結べないんだろ？」

「そうなのでござる」

メレンさんは金ちゃんの奴隷だ。

奴隷だから強い魔法契約が結べ、内部情報を外に漏《も》らさないようにすることができる。

だが普通の従業員となると、そういうわけにもいかない。

もちろん守秘義務はあるが、それを守ってくれるとは限らない。

「もっとも、拙者はジョブのお陰である程度、信頼できる人間かどうかを見抜けるでござる。なのでライバル商会のスパイを、あえて泳がせたりもしているでござるが……実はそんな相手を、こちらの味方にする方法があるでござるよ」

そう言いながら、金ちゃんはニヤリと笑った。

……一体どんな方法だろうか？

こんな感じながら金ちゃん、意外と腹黒いところがあるからなぁ。

「入ってくるでござるよ」

「はいっ！」

金ちゃんに呼ばれて、威勢のいい返事と共に若い男性が部屋に入ってくる。

「彼がそのスパイだった男でござるよ」

「そうであります！　私はここ王都でも最大規模の老舗商会、ヤルマーネ商会の幹部の息子でして、父の命令を受けてスパイとしてこの商会に潜り込みました！」

金ちゃんに紹介されると、彼はハキハキと暴露する。

とてもスパイには見えない。

「夜中に会社に忍び込んで、地下倉庫の秘密を目撃していたのでござる。それをこうして、調きょ……ゲフンゲフン……こちらの味方に変えたでござる」

今、調教って言いかけなかったか？

一体何をしたのか……怖すぎる……。

「丸夫殿が想像しているようなことはしてないでござるよ。むしろスパイ相手とは思えぬほどの好待遇で扱っているでござる」

「というと？」

「毎日毎日、うちの専属料理人たちが、丸夫殿の食材で作った料理を食べさせているだけでござる」

「え？　それだけ？」

思わず拍子抜けしてしまう俺。

「むしろそんなことで、何でスパイが寝返るんだ？」

当然の疑問を抱いていると、金ちゃんがそのスパイ（？）の青年の方を向いて、念を押すように言った。

「拙者は【商王】でござる。人を見れば、嘘《うそ》を吐いているかどうかは丸分かりでござるよ？　そしてもし嘘を吐いたら、二度と料理を食べさせないでござるからな？」

「は、はいっ！」

青年は少し緊張したように頷《うなず》く。

「……さて、貴殿はどちらの味方でござるか？」

「もちろんキンノスケ様であります！」

「それはなぜでござる？」

「だって、あんなに美味《おい》しい料理を二度と食べることができないなんて、死ねと言ってるのと同じであります！　ああ今っ、想像しただけでも……じゅるり……」

金ちゃんは満足そうに頷くと、俺の方へと向き直った。

「というわけでござる」

「中毒状態にされてた⁉」

「これで幹部たちを薬漬け……もとい、美食漬けにして、裏切れないようにするでござるよ。そもそも他では絶対に同じ食材が手に入らないでござるからな」

そう言って不敵に笑う金ちゃんが一瞬、麻薬カルテルのボスか何かに見えた。

怖すぎる。

「ってか、俺の食材ってそこまでなのか……？」

確かにめちゃくちゃ美味しいが、毎日食べていても中毒になるほどではない……たぶん。

ただ、うちのは子供たちが作った料理だ。

一流の料理人たちが作ったものとなると、次元が違うのかもしれない。

そういや、この世界には料理人系のジョブがあって、金ちゃんは彼らを雇っているのだ。

食べ物が美味しくなるスキルなどがあれば、中毒になるほどの料理を作り出せてもおかしくはない。

「ちなみにうちの寿司店、現時点で予約が三年待ちでござる」

「三年待ち⁉」

一度食べたら三年待つ必要があるため、中毒を和らげるのにはよいかもしれない……。

そういうわけで、俺は金ちゃんが認めた人たちには、ダンジョンのことを話してもいいことにした。後日、彼らをダンジョンに連れてきてもらって、一通り説明する予定である。

そうして話がまとまり、俺が帰ろうとしたときだった。

「キンノスケ様、お客人です。勇者マサトシ様ですが、いかがいたしましょう？」

「雅敏殿でござるか？」

「というと、長谷川のことか？」

長谷川雅敏。

もちろんクラスメイトの一人で、確かグリフォン級の勇者だったはず。

「何でござろう？　丸夫殿はどうされるでござる？」

「そうだな……あまり仲が良いわけじゃないが、久しぶりだしちょっと会ってみるか。邪魔そうなら帰ることにするよ」

すぐに部屋に長谷川が入ってきた。

中肉中背の、顔も成績も普通、正直あまり特徴のない感じの男だ。

「よっ、久しぶりだな」

「え⁉　ちょっ、穴井《あない》じゃないか⁉　お前、生きてたのか⁉」

こちらから声をかけると、長谷川は目を丸くした。

「一応俺も勇者だからな。死んでも生き返るはずだろ。いや、まだ一度も死んでないが」

「それはそうだが……」

何か聞きたそうな顔をする長谷川だったが、しかし俺たちは別にそれほど仲が良いわけではない。長谷川自身も決しておしゃべり好きというわけではないので、久しぶりの再会だったにもかかわらず、それだけで話が途切れた。

「それで何の用でござるか？」

「あ、そうだ。実はちょっと、セレスティア王女がピンチかもしれないんだ」

セレスティア王女。

俺たち勇者の召喚に尽力し、召喚後も色々とサポートをしてくれている人物である。

これは最近知ったことだが、俺が王宮から出るときに結構な額の軍資金を貰《もら》えたのは、実は彼女の意向が大きかったらしい。

外れ勇者だったのに、酷《ひど》い扱いをされなかったのも彼女のお陰かもしれない。

そんなセレスティア王女なので、勇者たちからも慕われているという。

自由が許されているにもかかわらず、この国を拠点としている者たちが多いのも、彼女の人望だろう。

国民からの人気も高く、次期国王の有力候補と目されているそうだ。

ちなみにこの国は歴史上、女王が治めていたことも多いのだとか。

「けど、そんな王女殿下のことを隙あらば蹴《け》落としたいと考えている政敵がいるんだ。それが彼女の実兄のネイマーラ第二王子なんだが……」

この国の王族たちには、必ず十八歳になったときに受けなければならない試練があるという。

それは王国創建の時代からあるとされる神殿に赴き、その最奥の祭壇で祈りを捧《ささ》げるというものだった。

「セレスティア王女殿下は今年で十八。まさにその試練を受ける年齢で、先日その具体的な日時が決まったらしいんだけれど……地下神殿のある領地を治めている貴族が完全にその第二王子派らしく、何かを仕掛けてくる可能性が非常に高いんだ」

神殿内には魔物も出るため、護衛も同行することができるというが、最大で四人までと決まっているらしい。

当然、王女側は自陣営でも最高の戦力を連れて行こうとしたが、第二王子の妨害のせいでそれが難しくなってしまったという。

そこで当然のごとく勇者たちに白羽の矢が立った。

「ただ、天野《あまの》たちは試練の塔に挑戦中だし、他の四人のドラゴン級もダメで、残ってるのは俺を初め実力的にちょっと心許《こころもと》ないグリフォン級だけなんだよ」

「なるほどでござる」

「金ちゃん、どうにかならないかな？　たとえば一ノ瀬《いちのせ》の居場所を知ってるとか……ちょっと前に王宮に顔を出したってのに、またどこか行っちゃったみたいでさ……」

「う～ん、残念でござるが、拙者は把握していないでござるよ」

「そうか……たとえば他に誰《だれ》か、強そうな人を知ってるとか……そうだ、そこのメレンさんとか……いや、無理だよなぁ」

【暗殺者】のメレンさんを同行させるとか、許可が下りるとは到底思えない。

話を聞いていた俺はそこで口を挟んだ。

「それなら田中が適任じゃないか？　あいつ隠密《おんみつ》が得意だし、隠れてこっそりついていけばいいだろ。実力的にもドラゴン級と遜色ないはずだ」

「いやいや、田中こそどこにいるのか分からないって。それにあいつがこんな仕事を引き受けてくれるとは思えないよ」

長谷川が首を振る。

「はぁ、どうしたらいいんだ……。第二王子は俺たち勇者の存在を疎ましく思ってるみたいだし、もし王女様に何かあって第二王子が権力を握るようなことがあったら、色々と面倒なことになりそうなんだよね……」

王宮内の権力争いは、どうやら俺たち勇者にも影響のあることらしい。

と、そこで金ちゃんが何か思いついたらしく、ちらりと俺を見てから、

「ふふふ、それなら雅敏殿。実は良い助っ人《すけと》がいるでござるよ」

何だろう。嫌な予感しかしない。

◇　◇　◇

セレスティア王女の一団は無事、王国の最南西に鎮座する古代神殿に辿《たど》り着いていた。

しかしここまでは大勢の騎士たちに護《まも》られての旅路だったが、神殿内には限られた人数しか立ち入ることが許されていない。

「皆さん、ぜひよろしくお願いいたします」

「は、はいっ、こちらこそっ！」

予断を許さない状況でありながらもそんな素振りを見せないセレスティアに対して、神殿内への同行者の一人に選ばれた勇者である長谷川は、明らかに緊張していた。

「（って、俺の方がこんな調子でどうするんだよっ！）」

返事が裏返ってしまったことに気づいて、心の中で自らを叱咤《しった》する長谷川。

しかし彼の平凡な人生の中で、こんな大役を任されたことなど一度もなく、先ほどから動悸《どうき》がまったく収まらない。

「(俺以外も、あんまり頼りにならなさそうなやつらばっかりだしよ……)」

同行者四人は、全員がグリフォン級の勇者たちだ。

【剣豪】のジョブの長谷川正敏《はせがわまさとし》。

【魔法剣士】のジョブの渡部隆史《わたなべたかし》。

【レンジャー】のジョブの小野由紀《おのゆき》。

【モンク】のジョブの上田志穂《うえだしほ》。

ドラゴン級に劣るグリフォン級といっても、あくまで勇者基準の話。

一般的には、超一流の戦士になり得るポテンシャルを持ったジョブであり、こうして列記してみるとツワモノぞろいに見える。

「(……確かに見栄えは悪くない。けど、中身はあくまで平和な世界で生きていた高校生たちだからな……俺含めて……)」

【魔法剣士】はその名の通り、魔法と剣の両方に秀でたジョブだ。

だが渡部はクラスカーストの底辺グループに属するような男子で、あまり運動が得意ではなく、部活も文化系。正直ピンチのときに真っ先に逃げ出しそうな印象がある。

【レンジャー】は探索や斥候などに長《た》けたジョブで、軽い治癒系のスキルも習得できるため、冒険においては非常に有能なジョブである。

しかし小野は感情的なタイプで、しょっちゅう怒ったり泣いたりしている、少し情緒不安定な女子だ。

【モンク】は格闘と回復、いずれもこなせる万能ジョブで、高い耐久力も魅力的だ。

ただ、上田は小柄な肥満体型で、見た目通り運動はからきし。そしてなぜか男子に対してやたらと高圧的な態度の女子である。

「(このメンバーたちの中だと、俺が一番マシかもしれん……が、頑張らなければ……っ!)」

そうして王女と勇者たちは、古代神殿の中へと足を踏み入れた。

「代々の王族たちが挑戦している神殿ですが、この試練を乗り越えることができずに亡くなってしまった者も少なくないそうです」

「ひぇっ」

セレスティア王女の言葉にビビったのは、【魔法剣士】の渡部だ。

「ですが、ご安心ください。皆さんは勇者。仮に死んだとしても、生き返ることができるのですから」

長谷川は恐る恐る口を開く。

「お、俺たちはそうかもしれません。けど、王女様はそうじゃないですよね? 不安は、ないんですか……?」

意外な問いだったのか、セレスティア王女は少し驚くような顔をしてから、

「……そうですね。王族に生まれてきた時点で、すでに覚悟はできていますから」

その返答に、長谷川は息を呑《の》む。

「（俺たちとそんなに変わらない年だっていうのに……）」

同年代とは思えないセレスティア王女の姿に、長谷川はいかに自分たちが平和な世界で安穏と生きていたのかを痛感させられた。

「（この人は絶対に死なせてはいけない……っ！　どうせ死んでも生き返るんだから、死ぬ気で護らないと……っ！）」

決意を新たにする長谷川。

それを知ってか知らずか、セレスティア王女は柔和に微笑《ほほえ》んで、

「でも、皆さんがいてくださっていますからね。きっと大丈夫だと信じています」

先ほどまでビビっていた【魔法剣士】の渡部が、鼻息を荒くした。

「お、おれっ……頑張る……っ！　王女様を、絶対に護ってみせるから……っ！」

「ふふ、ワタべ様、ありがとうございます」

抜け駆けされた気持ちになって、長谷川も慌てて言葉にする。

「俺もっ！　王女様を全力で御守りします……っ！」

一方、女子二人は「男って単純……」という顔をしていた。

「（それはそうと、金ちゃんのいう助っ人って、何なんだろうな……？　誰にも分からないように

同行させるって言ってたけど……近くに誰かいるようにも思えないし……）」

「（とはいったものの……普段の神殿であれば、今の彼らでも十分に対処できたでしょう。ただ、確実にネイマーラが動いてくるでしょうからね）」

勇者たちの前では毅然《きぜん》とした態度を崩さないセレスティアだったが、やはり内心では大きな不安を感じていた。

ネイマーラ第二王子は、彼女と王権を争う政敵だ。

元々はネイマーラ第二王子こそが次期国王の有力候補だった。それが幼い頃から非凡なる才能を見せたセレスティアの登場により、二番手に後退してしまったのである。

それを決定づけたのが、勇者召喚だ。

勇者召喚の儀は当初、第二王子が監督して行われていた。

だがそれに悉く失敗し、彼が監督の任から降ろされると、後任となったセレスティアがあっという間に成功させてしまったのだ。

有能ではあるがプライドの高い第二王子にとって、これ以上ない屈辱だったに違いない。

「（王の座に固執しているあの男は、多少の汚い手を使ってでも私を亡き者にしたいと考えています。この試練はそのための絶好のチャンス……逃すはずがありません）」

理想を言えば、ドラゴン級の勇者たちで護衛を固めることができれば、もっと安心だっただろう。

あるいはグリフィン級であっても、もう少しレベルアップしてからであれば、何の不安もなかったはずだ。

「(……ないものねだりしても意味はありません。私自身も、できる限りの対策はしてまいりました。相手がどんな手で来たとしても必ず打ち破ってみせましょう)」

◇◇◇

「神殿の中に入ったみたいだな」

セレスティア王女と長谷川たち勇者の動きを、俺は地面の下、ダンジョンの中から把握していた。

「まさか、こんな形で俺が同行することになるとは……」

金ちゃんが長谷川に言った〝助っ人〟。それはあのとき目の前にいた俺だった。

一応、事前に神殿内部であっても、ある程度は地中から把握できることは確認してある。

さすがに何階層もあったら難しかったが、幸いこの神殿は階層が一つしかない。数人が動いて、神殿の奥に進んでいくのが何となく分かった。

さすがに誰が誰かまでは把握できないが。

「ん、何だ……？　急に天井《てんじょう》が透けてきたような……？」

不意に天井が透明化してきた感覚があって、俺は思わず目を凝らした。

「いやいや、さすがにそんな都合のいいことは……ない、はず……だが……」

どんどん天井の透明化が進んでいき、あっという間に否定できないレベルになってしまった。

もはや神殿の天井も、歩いている王女たちの足の裏も、はっきりと見える。


スキル〈地上感覚〉が進化し、スキル〈地上視覚〉になりました。


「って!? スカートの中まで丸見えなんだが!?」

俺は慌てて目を逸《そ》らした。

【レンジャー】の小野や【モンク】の上田はズボンだが、王女はスカートのため、真下から見ると
パンツがばっちり拝めてしまうのである。

「ふ、不可抗力だから仕方ないよな……しかも様子を確認するためには、見るしかないな、うん……」

まさか地面の下からスカートの中を覗《のぞ》かれている（意図的じゃないぞ!?）とは露知らず、王女は
神殿の奥へと進んでいく。

かなり複雑な構造をしている神殿だが、迷う様子がないのはあらかじめルートが頭に入っている
ためだろう。

「む？ 何か前の方から近づいてくるな。魔物か？」

ダンジョンではないが、この神殿内には魔物が多数、徘徊《はいかい》しているらしい。

バルステ大樹海のような魔境もそうだが、魔力の充満しているような場所には、自然発生的に魔

物が出現するという。

王女一行の前に現れたのは、牛頭人身《ごずじんしん》の魔物、ミノタウロスだ。

頭に生えた鋭い角を見せつけながら、前傾姿勢で突進していく。

しかし【レンジャー】の小野がいることもあって、とっくにミノタウロスの接近に気づいていたのだろう。勇者たちはすでに迎撃態勢を整えていた。

【魔法剣士】の渡部が風魔法をミノタウロスの横っ面に叩《たた》き込《こ》むと、バランスを崩したミノタウロスは盛大に横転。

すかさず【剣豪】長谷川と【モンク】上田が飛びかかって、ミノタウロスを蹂躙《じゅうりん》したのだった。

◇◇◇

セレスティア王女一行は、順調に神殿内を進んでいた。

途中、幾度も魔物が襲いかかってきたが、護衛の勇者たちが危なげなく撃破している。

ドラゴン級ではないとはいえ、やはり強力なジョブを持つ勇者たちにとって、この神殿の魔物ぐらいなら不覚を取ることもないだろう。

「(……さすがは勇者様ですね。召喚されてから半年程度で、ここまで戦えるようになるとは)」

雰囲気的にはいかにも頼りなさそうな面々ではあるが、実力的にはすでにこの世界でもトップクラスの戦士と言っても過言ではない。

「(しかも彼らはグリフォン級……。各国が挙って勇者召喚に挑戦するのも理解できます。だからこそ、その扱いは慎重でなければならないわけですが……)」

彼女の兄であるネイマーラ第二王子は、セレスティアの方針にも大きな不満を抱いているようだった。

勇者たちに自由を与えるという生温《なまぬる》い方法を取るのではなく、もっと管理が必要だと考えているのである。

そして正式に王国の武力として組み込み、場合によっては他国との領土争いにも活用するべきだと主張していた。

「(我々とは文化の違う世界からいらっしゃった人たちです。そんなやり方では、彼らの反発を招いて、国外に逃げてしまうでしょう。そんなことも分からないなんて……)」

愚かな兄に、セレスティアは嘆息するしかない。

そうこうしているうちに、一行は神殿の最奥へと辿り着いていた。

遠近感が狂いそうなほど広い空間で、その奥に祈りを捧げる祭壇がある。

「ま、待ってください！」

そのとき突然、【レンジャー】の小野が叫んだ。

「柱の陰に……何かが隠れていますっ！」

床と天井を繋ぐ、長く太い柱。

この空間にはそれが無数に存在しているのだが、どうやら小野のスキルが柱の裏側に潜む存在を感知したらしい。

「魔物ではなさそうですね」

鋭い表情で身構えるセレスティア。そして彼女を護るように、長谷川、渡部、上田の三人が壁を作った。

直後、柱から次々と何かが飛び出してくる。

漆黒のマントに身を包んだ人間たちだ。

「速い……っ！」

「気をつけてください！　恐らくは私をこの場で始末するために用意された刺客たちですっ！」

セレスティアが叫ぶが、数が多い。

本来ならば王族とその同行者だけが入ることを許されるこの神聖な神殿内に、これだけの刺客を潜ませておくなど、王国の歴史に泥を塗る冒瀆《ぼうとく》だ。

しかも祭壇のすぐ目の前である。

「(こんな真似《まね》が許されていいわけがありません……っ！　絶対に退けて、王宮に戻らなければ……っ！　そしてこのことを糾弾し、あの男を権力の座から叩き落して差し上げましょう……っ！)」

第二王子への怒りを露《あら》わにしながら、セレスティア自身も槍《やり》を構えた。

そして長谷川と斬り合っていた刺客へ、渾身《こんしん》の突きを繰り出す。

「王女様っ⁉」

「私も戦いましょう！　こう見えて【戦乙女】のジョブを与えられていて、槍の扱いには自信があるのです！」

さらに【戦乙女】には、仲間たちを鼓舞し、一時的にそのステータスを上昇させるスキルがあった。

「戦意高揚！」

直後、明らかに勇者たちの動きが機敏になった。

刺客の数が多く、また奇襲のせいでやや押され気味だったのが、一気に優勢へと転じる。

攻撃力も上がっているようで、【剣豪】長谷川の剣が刺客二人をまとめて斬り倒すと、【魔法剣士】渡部の風魔法が五人同時に二十メートル先まで吹き飛ばした。

もちろん防御力も向上している。【モンク】の上田は、敵の攻撃を篭手《こて》であっさり受け止めると、カウンターの拳《こぶし》を叩き込んでいく。

一方、【レンジャー】小野は俊敏な動きで敵の攻撃を躱《かわ》しつつ、適宜、味方の回復をしたり、敵にナイフを投擲《とうてき》したりして、刺客を翻弄した。

刺客の人数が減ってくると、戦況はさらに王女一行の有利へと傾いていく。

「皆さん、この調子ですっ！　一気に敵を全滅させましょう！」

だがそう叫んだセレスティアは、次の瞬間、異常な光景を目撃することとなった。

倒したはずの刺客が、何事もなかったかのように起き上がったのだ。

「……は？」

啞然《あぜん》とする彼女を余所《よそ》に、再びその刺客が襲いかかってくる。

その理解できない現象に長谷川が思わず叫ぶ。

「ど、どういうことだ⁉　何で普通に動ける⁉」

その刺客には先ほど、ほとんど致命傷に近いダメージを与えたはずだった。少なくとも立ち上がってくるなどあり得ない。

復活したのはその刺客だけではなかった。他の者たちも次々と立ち上がり、何事もなかったかのように戦線復帰してくる。

「くそ……っ！　これならどうだっ⁉」

長谷川は意を決し、復活した刺客の首を狙《ねら》って斬撃を放つ。

敵とはいえ、相手は人間。

平和な世界で育った彼らにとって、やはり殺すことには抵抗があり、そのため今までは致命傷を避けて攻撃していたのだ。

「っ……」

刺客の首を斬った感触があった。

思わず顔を顰《しか》める長谷川だったが、しかし結果は予想外のものだった。

首を斬られたはずの刺客は、一瞬よろめいたものの、再び襲いかかってきたのである。

「どういうことだ⁉　こいつら、不死身なのか⁉　それともアンデッド⁉」

だが長谷川の剣には確かに血が付いている。

生きた人間から出た、生々しい真っ赤《まっか》な血だ。

そのとき刺客が被っていたフードが外れ、その顔が露わになった。

大きく見開かれた目は、真っ赤に充血して爛々《らんらん》としている。口の端からは血と共に涎《よだれ》が垂れていて、ブツブツと何かを呟《つぶや》き続けていた。

明らかに正気とは思えないその顔に、セレスティア王女が叫んだ。

「いえっ……これはっ……まさか〝バーサーク〟っ!?」

「バーサーク……？」

「魔法で作られた危険な魔薬の一種ですっ！　その中にはステータスを大幅に引き上げる代わりに、正気と痛覚を失わせ、その名の通り人間をバーサーカーに変えてしまう……っ！　まさかそんなものを、彼らに飲ませたというのですかっ!?　ネイマーラめっ、ここまで腐っているとは……っ！」

義憤のあまり、鬼の形相で吐き捨てるセレスティア。

ただ、あくまで魔薬によって痛覚を遮断しているだけで、決して不死身というわけではない。

「だ、だったら、殺すしか……」

そう口にする長谷川の声は震えていた。

「（む、無理だろっ……さっきだって、めちゃくちゃ覚悟して首を狙ったってのに……っ！）」

一人だけならともかく、これだけの数の人間を殺《あや》めるなど、想像しただけでも呼吸が苦しくなってしまう。

それは当然、他の勇者たちも同様だろう。

「異世界からいらっしゃった勇者様方は、相手が魔物ならともかく、人間を殺すのに抵抗がある……それを知った上で、この刺客たちをっ……」

セレスティア王女は顔を歪《ゆが》めつつ、覚悟したように声を張り上げた。

「大丈夫です、皆さん！　トドメは私が刺しますっ！」

「王女様っ？　で、でもっ……」

「皆さんはやつらの足を破壊してください！　たとえ痛覚が失われていても、足を壊されれば物理的に立ち上がることが不可能です！」

「くっ……わ、分かりました……っ！　こいつら全員、俺たちが動けなくしてやります……っ！」

護るべき王女に余計な負担を強いざるを得ない自分のことを情けなく思いつつも、今は考える時間も余裕もない。長谷川はすぐにセレスティアの方針に同意し、刺客の動きを封じるのに徹することにした。

幸い不死身でない以上、ダメージを負ったら最初と同じ強さで戦えるはずはない。

復活する度に明らかに動きが鈍くなっていく。

また、バーサーカー状態にある彼らの中には回復を行える者もいない。

戦況はやはり王女一行の優勢へと傾いていった。

しかし彼らはまだ気づいていなかった。

この刺客たちなどとは比較にもならないほどの脅威が、彼らに迫っていることに。

祭壇の間の奥。

王女一行が刺客と激しい戦いを繰り広げる中、ローブを身に纏《まと》う謎の集団が、とある儀式を行っていた。

彼らの足元には巨大で禍々《まがまが》しい魔法陣が描かれている。

集団が一斉に魔力を注《そそ》ぎ込むと、不気味な文様が輝き出した。

「「顕現せよ、魔界の――」」


最初に異変に気づいたのは、やはり【レンジャー】の小野だった。

「な、何か、禍々しい魔力が膨れ上がっています……っ！」

「っ？」

その言葉に不穏な予感を覚えて、セレスティア王女は思わず手を止める。

彼女の奮闘もあって、すでに刺客の大半が絶命し、残るは数人を残すのみとなっていた。

ドオオオオオオオオオオオオオオオンッ!!

突然の爆音。

響いたのはこの祭壇の間の奥の方からだ。

「一体何が……っ!?」

急激に背筋が寒くなり、なぜかガタガタと歯が鳴り始める。

「(これは、まさか恐怖……？　で、ですが、まだ何が起こったのかも分かっていないというのに……)」

本能からくる恐怖だろうか。

経験のない現象に、思わず後退《あとずさ》るセレスティア王女。

それはどうやら勇者たちも同様らしく、彼らも一様に動きを止めて身体を震わせていた。

と、そんな彼らの前に、柱の陰から姿を現したのは。


「「「〜〜〜〜〜〜〜〜〜〜〜〜〜〜〜〜〜〜〜〜っ!?」」」


一瞬で戦意が吹き飛んだ。

生物としての格が違うと、見ただけで悟ってしまったのだ。

セレスティア王女が呻《うめ》くように言った。

「あ、悪魔……」

肌は青と灰色の中間のような色合いで、身の丈は五メートルほど。

人型ではあるが、頭部には野太い角が生え、背中からは蝙蝠《こうもり》のような翼が、臀部《でんぶ》からは尻尾《しっぽ》が伸びている。

「魔界に棲息《せいそく》する、悪魔が……なぜ、こんなところに……しかも、この存在感……明らかに、上級悪魔……」

そこでセレスティアはようやく気づいた。

上級悪魔が現れた柱の向こうに、複雑怪奇な魔法陣が禍々しい輝きを放っていることに。

「召喚魔法で、呼び出したというのですか……っ！」

その巨大な悪魔の手から、人間の足が生えていた。

直後、悪魔が閉じていた手のひらを開くと、木の枝のように細くなった人間の上半身が露わになり、地面に落ちてぐしゃりと崩れた。

よく見ると悪魔の背後に、無残な姿と化した人間の死体らしきものが幾つも転がっている。

恐らくは悪魔を呼び出した召喚師たちだろう。

硬直する王女一行へ、その悪魔がゆっくりと近づいてくる。

「な、何なのよ、あんたはっ⁉　やろうってのかっ⁉　ああっ⁉」

いきなり震える声で叫んだのは【モンク】の上田だった。

明らかに虚勢と分かる咆哮《ほうこう》だったが、そうでもしなければ恐怖で押し潰《つぶ》されているのだろう。

次の瞬間、悪魔の姿が掻《か》き消えたかと思うと、上田の上半身が宙を舞っていた。

「……え？」

空中を飛びながら、上田がそんな声を漏らす。視界が急に切り替わって、まだ自分に何が起こったのか、まったく理解できていないといった様子。

一瞬にして距離を詰めてきた悪魔が右腕を振るい、上田の身体を吹き飛ばしたのだ。

上半身が近くの柱に激突した後、残った下半身がゆっくりと倒れ込む。

目の前で起こった信じられない出来事に、セレスティアも残る三人の勇者たちも、言葉を失って立ち尽くす。

「「「っ⁉」」」

無限とも思える短い時間の後、最初に動いたのは【魔法剣士】の渡部だった。

「ひいいいいいいいいいいいいいいいいいいいいいいいいいいっ⁉」

男とは思えない甲高い悲鳴を上げ、一目散にその場から逃げ出したのである。

王女様を護ると宣言したにもかかわらず、自分一人が先んじて逃走するなど情けない限りだが、それを咎《とが》める者はこの場にいなかった。

それどころか、この直後にむしろ誰もが渡部に同情することになる。

「――――」

ズドンッ‼

「あ……」

悪魔が放った魔力のレーザーが、逃げる渡部の背中を貫いたのである。

心臓に風穴が空いた渡部は、そのまま悲鳴も上げることなく倒れ込み、絶命した。

強すぎる。

この場にいた誰もが戦慄し、呆然《ぼうぜん》とするしかない。

セレスティア王女ですら一体どう対処したらいいのか分からず、わなわなと唇を震わせるだけだ。

だがそんな中、怖気《おぞけ》を振り払って声を張り上げた者がいた。

長谷川だ。

「小野っ！　王女様を連れて逃げるんだっ！　俺が時間を稼ぐ……っ！」

「ハセガワ様っ⁉」

「あなただけは絶対に死なせない……っ！　う、うおおおおおおおおおおっ！」

裂帛《れっぱく》の声を振り絞りながら、長谷川は正面から悪魔へと突っ込んでいく。

「ににに、逃げますよおおお……っ！」

その覚悟を汲《く》み取って、小野がセレスティアの手を引いて走り出す。

「っ……」

セレスティアもまた硬直していた自分の足に鞭《むち》を打って、懸命に駆け出した。

「──」

「させるかよおおおおっ！」

逃げようとした二人に照準を合わせ、また魔力のレーザーを放とうとした悪魔だったが、その前に長谷川が渾身の斬撃を繰り出していた。

ザンッ……。

悪魔の身体に傷がつく。

「……ッ？」

まさか脆弱《ぜいじゃく》な人間にダメージを与えられるとは思っていなかったのか、悪魔の意識が長谷川の方へと向いた。

「今のうちに逃げてくれええええ……っ！」

そんな長谷川の絶叫を背後に、セレスティアと小野はこの祭壇の間から飛び出していた。

直後にぶしゃっという何かが潰れるような音が響いて、長谷川の声が聞こえなくなったが、後ろを振り返ることなく一目散に駆けていく。

「おっ、王女様っ！　前方に魔物がいます……っ！」

「戦っている暇はありませんっ！　無理やり突破します……っ！」

二人の前に立《た》ち塞《ふさ》がった魔物の群れを無視し、何とか通り抜けた。

そのまま全速力で走り続ける。

「う、ううぅうっ……何でこんな目に遭わなくちゃいけないんですかあああっ！」

「オノ様っ⁉」

突然、小野が泣き叫び出したのでセレスティアは面食らった。悪魔を振り切ったと思って安堵《あんど》し、ギリギリで耐えていたものがここにきて決壊したのだろう。

当然まったく安心できるような状況ではない。

「ま、まだ泣いている場合じゃありませんっ！　もしかしたらすぐ背後に――」

ぐじゃり。

「っ⁉」

すぐ隣を走っていたはずの小野の身体が潰れた。

周囲に血が飛び散り、セレスティアもまたその一部を浴びてしまう。

慌てて走るのをやめ、槍を構えるセレスティア。

もちろん振り返ったそこには彼女を追ってきた悪魔がいて、上半身が潰れた小野がもはや泣くこともできずに地面に倒れ込んだ。

「(私はここで、死ぬのですか……)」

もはや彼女一人でやれることなど何もないことは明白だった。

所持していた装備やアイテムだけを残し、小野の身体が光となって消えていく。

勇者である彼女は、たとえ死んだとしても復活することが可能なのだ。

だが勇者ではないセレスティアに、そのような奇跡は起こらない。

「(ああ、神よ……どうか……どうか、お助けください……)」

もはやただ神に別の奇跡を祈るしかなかった。

「(私にはまだ、やらなければならないことがあるのです……こんなところで、死ぬわけにはいかないのです……どうか……)」

死への恐怖もある。

しかしそれ以上に切実だったのは、王女としての使命感だ。

果たして神が本当にその祈りを聞き届けてくれたのか――

足元に穴が空いた。

「……え？」

今の今まで神殿内の硬い床だったはずだ。

それが何の前触れもなく、突如として彼女が乗っていた部分だけに穴が空いたのである。

一瞬の浮遊感。

セレスティアはその穴に落下し、目の前にいた悪魔の姿が消えた。

「きゃあああああっ⁉　いや確かに助けてくださいって言いましたけどっ⁉　言いましたけどおおっ⁉　さ、さすがにこれは無理やり過ぎませんか神様あああああああああっ⁉」

思わず悲鳴を上げながら落ちていく。

このまま穴の底に激突するかと思われたが、

「よっと」

ばしっ。

「へ？」

身体を受け止められていた。

「……大丈夫か？」

恐る恐る顔を上げたセレスティアのすぐ目の前に、見知らぬ少年の顔があった。

「ど、どういうこと……ですか？」

理解できない状況に、思わず質問に質問で返してしまうのだった。

◇　◇　◇

神殿の最奥で待ち構えていた刺客の一団。

彼らと王女一行の戦いの様子を、俺は地面の中から見ていた。

「何か危ないクスリをやってるみたいだが、長谷川たちだけでも十分そうだな」

あえて俺が加勢する必要もなさそうだと高を括《くく》っていると、何やら不穏な気配が漂ってきた。

「何だ？　もっと奥の方から……」

地中からでも、ここがかなり広い空間で、奥には祭壇らしきものがあるのは把握できていた。

その祭壇に近い辺りから、異様な魔力が膨れ上がってくるのを感じたのだ。

そちらに近づいていくと、何やら怪しげな魔法陣が地面に描かれていて、周囲には謎のローブ集団。

「これ、放っておくとヤバそうだな？　このまま地面を掘って魔法陣を破壊してやった方がいいかもしれん」

王女たちと戦っている連中は恐らくただの時間稼ぎ。

何をしようとしているかは分からないが、本命はこちらの魔法陣の方だろう。

発動される前に潰しておくのがよさそうだと思ったが、残念ながらその前に魔法陣が輝き出してしまった。

そうして現れたのが、悪魔と思われる恐るべき魔物だった。

自らを召喚したローブ集団を瞬殺すると、悪魔はすぐに次の標的を王女一行に向けた。

あっさり上田が殺されると、渡部もやられ、王女と小野を逃がして囮《おとり》を買って出た長谷川もほとんど瞬殺された。

「マジかよ、こいつ強すぎだろ⁉」

思わず叫びつつ、すぐさま加勢に入ろうとするも、ステータスが元に戻る地上で戦ってしまっては明らかに分が悪い。

下手をすれば俺も瞬殺されてしまう可能性があった。

「助けると言っても、地上に出て加勢するくらいかと思っていたんだが……こうなったら仕方ない、まずは王女を地中に……って、走っているせいで難しい！」

そうこうしているうちに小野までやられてしまったが、幸いそこで王女が動きを止めてくれたので、何とか穴を掘って地中に落とすことができた。

そして落ちてきた彼女をキャッチ。

「ど、どういうこと……ですか？」

大丈夫かと尋ねたところ、返ってきたのがそんな言葉だった。

うん、そりゃ、意味の分からない状況だよな。

もちろん情報量が多すぎて、いちいち説明している時間などない。ここがダンジョンだということも隠したいし。

「とりあえず運ぶぞ」

俺は彼女をお姫様抱っこしたまま、いったんその場から離れる。

恐らくあの悪魔が彼女を追ってくるだろう。

「は、速すぎませんか⁉」

「舌を嚙《か》むから喋《しゃべ》らない方がいいぞ」

「〜〜っ！」

そうしてある程度の距離を取ったところで、俺は周囲の土を掘りまくった。

「な、何を……」

「やつを迎え撃つのに広い空間が必要だからな」

「っ⁉　まさか、あの悪魔と戦うつもりですか⁉」

「もちろんだ」

すでに悪魔がこのダンジョン内に侵入してきたのは、システムの通知で把握している。

警戒しているのか少し動きが慎重だが、このまま放っておくわけにもいかないし、戦う以外の選択肢はない。

「(問題は王女がいるせいで、従魔たちを呼ぶのが難しい点か。ここがダンジョンだってこと、バレたくないんだよな)」

今ならまだただの穴ということで誤魔化《ごまか》せるだろうが、魔物が加勢にきたらさすがに誤魔化し切れない。

万一のときは魔物呼び出しを使わざるを得ないと思うが、ひとまず俺一人で戦うとしよう。

そうしてあっという間に体育館ほどの広さの空間ができあがる。

「こ、これは、土魔法……？　で、でも、魔法を使っているような感じはまったくなかった……一体、どうやって……」

王女が唖然としているが、悪魔はもうすぐそこまで来ていた。

完成したばかりのこの場所に姿を現す。

「あんたは下がっててくれ」

「っ……わ、私も戦います！」

「その必要はない」

足手まといだし、むしろ逃げてもらいたいくらいだが……頑固そうだし、たぶん言っても聞かないだろう。

「せめてそこに隠れててくれ」

「ひゃっ⁉」

足元に浅めの穴を掘って、そこに落としておく。簡易的な塹壕《ざんごう》のようなものだ。

そうこうしている間に、悪魔が一気に距離を詰めてくる。

長谷川たちも成す術がなかったほどの移動速度だが、地中にいる状態の俺ならはっきりとその動きを目で追うことができた。

迫りくる悪魔の剛腕。

その鋭利な爪《つめ》の切れ味は凄《すさ》まじく、上田の身体を軽々と輪切りにしてしまったほど。

だがそれが俺の身体に届く前に、俺の掘削攻撃が炸裂《さくれつ》していた。

ズドンッ!!

悪魔の右腕、その手首から先が消滅する。

ぶんっ、と空振りを喫する悪魔。

「――――ッ⁉」

まさかこんな反撃を喰《く》らうとは思ってもいなかったのか、さしもの悪魔も驚愕《きょうがく》したのが気配で伝わってきた。

よしよし、この距離からなら悪魔の身体にもしっかり攻撃が効くな。

それにしても完全に空振ったというのに、その風圧だけで吹き飛ばされそうだ。

まともに喰らっていたら、今の俺でも一撃で大ダメージを負っていただろう。

悪魔はすかさず左腕を振るってきたが、それも同じように掘削攻撃で消し飛ばしてやる。

今や念じるだけで穴が掘れるので、仮に相手の攻撃の出の方が早くても対処可能だ。

「――」

「っ!」

悪魔が口を開いた。口腔《こうこう》の奥で魔力が膨れ上がるのが分かった。

渡部を瞬殺した魔力のレーザーを放つつもりだろう。

直後、予想通りそれが射出されてきた。

腕の攻撃を遥《はる》かに凌駕《りょうが》する速度で、今の俺でも反応できないほど。

だが発射地点と狙い場所が分かっていれば、対処はそう難しいことではない。

掘削攻撃を連射してそのレーザーごと消し飛ばす。

「今度はこっちから行くぞ」

「────ッ!!」

悉《ことごと》く攻撃を凌《しの》がれ、俺の強さを理解したのか、悪魔は高速移動で距離を取ろうとする。

しかしダンジョン内での移動速度なら俺も負けてはいない。

逃げた悪魔に掘削攻撃をお見舞いし、胸の辺りの肉を抉《えぐ》り取った。

「っ、その手……」

よく見ると先ほど消失させたばかりの両手が、復活しつつあった。

すでに手の甲あたりまで元通りになっている。

「アンデッドみたいに再生するのか。まぁ、そんな暇は与えてやらないけどな」

俺は再びその腕の先端を消し去ってやった。

「────ッ！」

またしても逃げようとする悪魔。

もちろん逃がしはしない。

俺の作った空間内を飛び回る悪魔を追いかけながら、どんどんその身体を削り取っていく。

頭を消し飛ばしても動き続けたのには驚いたが、それでもほとんど一方的に攻め続け、さすがに頭と両足と翼を失ったところで、悪魔は地面に転がった。

「まだ動いてはいるけどな。完全に消滅させておこう」

そのまま肉片が一つも残らないよう、念入りに消し飛ばしてやった。

「こんなところだな」


――【穴掘士】がレベル63になりました。


「た、倒して、しまった……あの上級悪魔を……しかも、これほど圧倒的に……」

簡易塹壕の中から這《は》い出してくる王女。

そして恐る恐る訊いてくる。

「あ、あなたは一体、何者なのですか……？」

うん、薄々そうだろうとは思っていたけど、やはり俺のことは覚えていないようだ。

一応、王宮で会ってはいるんだけどな？

まぁ人数も多かったし、俺はすぐに王宮を出たから記憶にないのも仕方ないだろう。

「それは企業秘密だ」

「企業秘密……？」

わざわざ明かすと色々と面倒だと判断し、誤魔化す。

それから俺は王女を抱え上げた。

「な、何をっ……」

「神殿にお帰り願おうと思って」

「じ、自分で歩けます……っ！」

「いや、明らかに腰が抜けてるだろ」

「〜〜〜っ」

「ついでに一人じゃここから出られないだろうし」

なにせ神殿に戻るには、穴を登らなくてはならないのだ。

先ほどの王女が落ちてきた穴のところまで戻ると、俺は思い切り跳躍した。穴の壁を何度か蹴りながら一気に駆け上って、神殿内に着地する。

「な、なんという身体能力ですか……」

ただしこれは穴の中だけ。

穴から出てしまったので、大幅にステータスが低下してしまった。

「じゃあ、これで」

「ちょっ、ちょっとお待ちください！」

とっとと穴の中に戻ろうとしたら呼び止められてしまう。

「……助けていただいた上に、こんなお願いまでするなんて、大変厚かましいと思いますが……この奥の祭壇まで、付いてきていただけませんか？」

どうやらこんな状況でも、王族の試練を果たすつもりらしい。

悪魔は倒したが、魔物も徘徊しているし、ここで王女一人を行かせて死んでしまったら何のために助けたのか分からなくなってしまう。俺は仕方なく頷いた。

「まぁそれくらいなら」

「あ、ありがとうございます……っ！」

「……まだ立てなさそうだし」

「さ、さすがにもう大丈夫なはずです……っ！　こ、この通り！」

生まれたての小鹿のように、足をぷるぷるさせながら立ち上がる王女。

うーん、これでは魔物と遭遇したら一巻の終わりだな。

また抱えて運ぼうとしたら今度は強く拒否されたので、肩だけ貸してやりながら一緒に祭壇へと向かう。

するとその途中、王女は突然、ハッとしたように、

「も、申し訳ありませんっ！　色々と驚くことが多すぎて、お礼も申し上げていませんでしたっ！　助けていただいて、本当にありがとうございます……っ！　正直まだ混乱していますが……あなたがいなければ、私は今頃《いまごろ》この世にいなかったと思います！」

深々と頭を下げてくる。

「無論、言葉だけで十分だとは思っていません。無事に試練が終われば、必ず具体的にお礼をさせていただきます」

「いや、別にいいって」

「そ、そういうわけにはいきませんっ」

そうこうしているうちに祭壇のある部屋に辿り着いた。

生き残りの刺客が襲いかかってきたりもしたが、地上に出たことで下がったステータスでも余裕で倒せる相手だった。あっさり片づけて祭壇のところへ。

「(……刺客の心臓に一瞬で穴が……何度見ても、やはり何の攻撃をされているのかが分かりません……)」

「まだいるかもしれないから、俺はここで見張りをしておく。その儀式とかいうのに集中してくれていいぞ」

「は、はい、ありがとうございます」

それから三十分ぐらいだろうか。

祭壇に向かって何度か頭を下げたり祝詞のようなものを唱えたりしていたが、やがて王女は大きく息を吐いた。

「……終わりました。これで晴れて、王になる資格が得られました」

どうやらこの儀式をしなければ、王族であっても王位を継承することができないらしい。

「(そして私の王位継承を阻止せんとするネイマーラの卑劣な企《たくら》みも、この方のお陰で無事に退けることができました。もはや私も手段を選びません。必ずやあの男を蹴落とし、私が王位に就いてみせましょう)」

儀式のお陰か、心なしか先ほどよりも覚悟の籠《こ》もった目をしている。

そして彼女を神殿の出口付近まで送ったところで、

「じゃあ、俺はこれで。見知らぬ人間が一緒に出てきたら怪しまれるだろうからな」

「……仮にそうだったとしても、私の命の恩人を怪しむ者たちには、私からしっかり言い聞かせます」

「けど、護衛は最大で四人までなんだろ？　この試練自体が失敗扱いになったら元も子もないぞ」

「？　なぜそれを……？」

おっと……ちょっと余計なことを言ってしまったかもしれない。

「……もしかしたらご存じかもしれませんが、私はバルステ王国の王女をしております。いつでもいらっしゃってください。必ず今回のお礼をいたします」

「まぁ気が向いたらな」

そう言い残して、俺は神殿の奥へ引き返す。

先ほど開けた穴から戻るつもりだった。

「そうだ。一応、あいつらの装備とかを回収しておいてやるか」

悪魔に殺された長谷川たち。

すでに王宮で生き返っているはずだが、身に着けていた装備やアイテムは死んだ場所に残ったままなのだ。

「これは小野のだな。……ん？　何だ？　この布切れは……」

ハンカチくらいのサイズの謎の布が落ちていたので、拾って広げてみる。

パンツだった。

「……うん、こいつはその辺に捨てておこう。持って帰ったら喜ばれるどころか変態扱いされてしまう」

金ちゃん経由で渡すつもりなので、変態扱いされるのは金ちゃんになるかもしれないが……。

ついでに男のパンツも置いていこう。

こうして古代神殿の中に、四枚のパンツが残されたのだった。

EPILOGUE ⁝ エピローグ

神殿とダンジョンを繋《つな》ぐ穴を念入りに塞いだ後、俺《おれ》は生活拠点に戻ってきた。

「ぷはぁ～、これよ、これ！　食べ物は充実してたけど、何か足りないと思ってたら！　ようやく見つけたわね！」

「アズリエーネ、あなたと珍しく意見が一致しましたわね！　足りなかったのは、やっぱり美味《おい》しいお酒ですわ！」

「我が里の名物、蜂蜜酒をそこまで気に入ってもらえるとは！　わざわざ樹海に戻って取りに行ってきたかいがあったというものだ！」

……なんか酒盛りしてるんだが？

アズ、エミリア、そしてシャルフィアの三人が、昼間っからお酒を飲み交わしていた。ダンジョン内だから昼も夜もないが……。

「俺が悪魔と死闘を繰り広げていたというのに、こいつらは」

アズとエミリアのことはもう諦《あきら》めていたが、シャルフィアまでこのぐうたら娘たちに加わるとはな……。

まぁシャルフィアはかなりのお酒好きっぽいし、レアケースだと信じたい。

「ん、悪魔？　ちょっとあんた、今、悪魔って言わなかった？」

「ああ、言ったぞ」

「何であんたから悪魔なんて言葉が出てくるのよ」

もうすでに酔っぱらい気味のアズが、赤みのさした顔で絡《から》んでくる。

「色々あって戦う羽目になったんだよ。それより悪魔と魔族って何が違うんだ？」

俺の問いに、アズは不快そうに「ああん？」と低い声を漏《も》らした。

「ぜんぜん違うわよ！　あいつらは魔物とか動物の一種！　あたしら魔族は、あんたら人間と同じように知能のある高等生物よ！」

「へえ、そうなのか」

俺にはぐうたらしているだけの下等生物にしか見えない。

「下級悪魔には知能がありませんわ。基本的に本能だけで動く獣ですの。上級悪魔になってくると多少は考える力もあるようですけれど、会話までできるような個体はごく僅かですの。魔族の研究者たちの中には、悪魔が長い年月をかけて、あたくしたちのような魔族にまで進化した、なんて説を唱える人もいますの。あなた方でいうと、猿に相当するような存在ですわ」

「なるほど、人間と猿の例えは分かりやすい」

エミリアの補足に、俺は納得する。

「もちろん諸説あって、堕天した元天使だという説もありますわ」

どうやらこの世界には天使もいるらしかった。

酒臭い一団に、飲み過ぎないようにと諫《いさ》めつつ、俺は金ちゃんのところへ。

神殿で起こった一連の出来事を説明して、長谷川たちの荷物を預けた。

「予想していたより大変だったでござるな……。それにしてもよく悪魔を倒せたでござるな？　下級悪魔でも危険度Bと言われているほどでござるよ？　話を聞く感じ、上級悪魔クラスだったようでござるが……」

「ダンジョン内に引き込んで戦ったからな。さすがに地上じゃ無理だった」

「そ、そうでござるか……とにかく、これは拙者から彼らに返しておくでござる。なんにせよ、王女殿下がご無事でよかったでござる。丸夫《まるお》殿のお陰でござるよ」

◇◇◇

「王女殿下が戻ってこられたぞ！」

「お一人しかいらっしゃらない⁉」

「何かあったのでございますか……っ？」

神殿を出たセレスティアは、そこで待機していた側近たちに神殿内での出来事を話した。

「やはり刺客がっ！」

「なっ、悪魔が召喚されて、勇者様方が全滅⁉」

「そ、それでよくご無事でございましたな⁉」

ただし、彼女を助けてくれた謎《なぞ》の人物のことは伏せておいた。

「どういうわけか、突如としてその上級悪魔が消滅したのです。……きっと神の奇跡に違いないと私は思います（言ったところで、信じてもらえないと思いますし）」

神の奇跡により、悪魔を退けることができた。セレスティアによる嘘《うそ》の報告だったが、側近たちは感動と共に頷《うなず》く。

「ああっ、やはりセレスティア殿下こそ、我が国の王に相応《ふさわ》しい！」

「間違いない！　このお方こそが選ばれた存在だ！」

「我が国発展のためには、セレスティア殿下のお力が絶対に必要である！」

そうして彼女が王宮に帰還した後、この話は瞬く間に王都中、いや、王国全土にまで拡散。

彼女の存在をより権威づけることに。

さらに神殿内に刺客を潜ませていた疑いで第二王子が失脚し、セレスティアが次の王位に就くことがほぼ決定したのだった。

「（それもこれも、私を助けてくださったあの方のお陰……なのに、まだろくにお礼もできていません……。ああ、一度、王宮にいらっしゃってくださらないかしら……）」

……彼女は知らない。

その人物というのが、外れ勇者に認定された勇者であり、また最近大きな懸念となりつつある謎のダンジョンのダンジョンマスターであることを。

おまけ短編 ∴ ハイエルフの守護者

私の名はシャルフィア。エルフの里の戦士長だ。

いや、元戦士長と言うべきか。

現在は里を離れ、とあるダンジョンで暮らしている。

というのもこのダンジョンに、かつて里から人族に誘拐され、行方《ゆくえ》不明となっていたハイエルフのミルカ様がいらっしゃるからだ。

ダンジョンマスターのマルオ殿は、我が里を魔物の脅威から救ってくれたばかりか、ミルカ様を保護してくださっていた。本当に大恩人である。

引き続きこのダンジョンで暮らしたいというミルカ様の希望を叶《かな》えるため、私がお傍《そば》に仕えることになったのだ。

今度こそミルカ様をしっかり御守りし、その成長を見届けなければならぬ！

ついでに毎日おいしい食事を食べれて……じゅるり。

それにしても、ミルカ様は本当に美しく成長された。

私が知るミルカ様はまだ三歳かそこらで、それでもすでにハイエルフに相応《ふさわ》しいオーラがあったが、今や後光が差しているのではと思うほどの美貌の持ち主である。

そんなミルカ様を御守りする一日は、早朝まだミルカ様が眠っておられる時間からスタートする。

ああ、寝顔もとても高貴で尊い……。

起床時間になると、惜しい気持ちを押し殺し、私はミルカ様に声をかける。

「ミルカ様、おはようございます。起床の時間でございます」

「ん……」

しかしミルカ様はそう簡単には目を覚まされない。

朝が非常に弱いのだ。お友達が呼びにきても、やはりなかなか起きることができない。

しかし、ベッドで寝ぼけておられる姿……これもまた大変素晴らしい……。

よろよろと起き上がって、覚束《おぼつか》ない足取りでリビングに向かわれる姿の愛《いと》おしいこと愛おしいこと。

ミルカ様は普段、あまり表情が豊かではない。だがおいしい食事を口にされたときは、明らかに頬《ほお》が緩み、幸せそうな顔をされる。その姿につい見入ってしまう。

そしてお友達とお話をされているときは、無表情ながらとても楽しそうにされているのが私には分かる。

くっ……私も早くミルカ様が心を許してくださるようにならねば……っ！

料理や食材の収穫などを頑張っておられる姿はとても凛々《りり》しく、感動すら覚えるほど。

だがやはり最高潮は、お風呂《ふろ》タイム中のミルカ様だ。

信じられないほど白く美しいお肌に、すらりと長い四肢、愛くるしい臀部《でんぶ》……それを惜しげもなく晒《さら》し、まるで女神の沐浴《もくよく》かと見まがうほどである。

熱いお湯で肌がほんのり赤く色づいてきたお姿もまた、この世のものとは思えない〝美〟の極致だろう。

そうして一日が終わり、再び眠りにつかれるミルカ様……。

やがて安らかな寝息が聞こえてくるも、私はなかなか傍《そば》から離れることができない。

何時間、何十時間、いや、何百時間でもずっと見ていられる。

ああ、ミルカ様。

今度こそ私はあなたの傍を離れません。


「シャルフィア、正直かなり鬱陶《うっとう》しいわ」


「っ⁉」

四六時中ずっとミルカ様を傍で見守り続けていると、当のミルカ様から辛辣なご意見を頂戴してしまった。

「な、なぜですか、ミルカ様っ……」

「なぜも何も、当然でしょ？　朝から晩までずっと誰《だれ》かに見られ続けるとか、ストレス過ぎる」

「で、ですがっ、私にはミルカ様を御守りするという使命がっ……」

「そもそもここ、安全だから」

「うっ」

「あと、視線の熱量がなんか怖い」

「が～～ん」

……どうやらさすがに少し過保護すぎたようである。

反省する私に、マルオ殿は、

「過保護というか、一ノ瀬《いちのせ》と同じニオイを感じたな」

「なんだとっ⁉」

そんなふうに評されるのは大いに心外だが、このままではミルカ様に嫌われてしまう。

仕方なく私は少し自重し、隠れながらミルカ様のご様子を確認することにしたのだった。幸い【暴弓士】の私は非常に目がよく、少しの距離などあってないようなものだ。

「……今度はストーカーみたいだな」

マルオ殿が何やら呆《あき》れているが……ストーカーとは何だろうか？

おまけ短編 ∴ 兎の無限コンティニュー

田中兎はいつも退屈していた。

厳格な両親のもとで育てられた彼女は、いわゆる〝お受験〟を経て名門小学校に入学し、そこから中等部へと内部進学。

そのまま行けば、エスカレーター式に有名大学にまで進学することも可能だった。

エリート街道を進んでいると言っても過言ではなかっただろう。

今の彼女を知る者たちは絶対に信じないはずだが、両親から厳しく躾《しつ》けられてきた当時の彼女は、お淑《しと》やかなお嬢様そのものだった。

周りにいるのも、真面目《まじめ》で勉強熱心な教師やお行儀のいいクラスメイトたちばかり。いじめはもちろん、生徒同士の喧嘩《けんか》すらない。

彼女にとっては、それが退屈で退屈で仕方なかった。

そんな兎の退屈を唯一、紛らせてくれるのが漫画の世界だった。

毎日の代わり映えのしない灰色の現実世界と違って、漫画の世界はいつも色彩豊かで輝いていた。

両親の反対を押し切り、内部進学を蹴《け》って普通の都立高校に入学したのは、過去の自分との決別のためだった。

新天地であれば、退屈しない高校生活を送れるかもしれないという期待があったのだ。

「ちっ、所詮はこんなもんか」

だが現実はやはり兎を満足させてくれるようなものではなかった。

不良たちを束ねる番長もいなければ、四天王もいない。

学校をテロリストが占拠するようなイベントも発生しない。

七不思議のような怪談もない。

ラブコメするに相応《ふさわ》しい男子生徒もいない。

異常な権力を持った生徒会も存在しない。

不思議な転校生もやってこない。

探偵をやっている高校生もいない。

ならば自らイベントを発生させてやろうと様々な試みをしてはみたが、彼女の心を満たしてくれるような結果にはならなかった。

そして気づけば二年生になっていた。

このまま高校時代も終わっていくのかと、半ば諦《あきら》めかけていたある日のこと。

「異世界へようこそ、勇者様方」

彼女のいるクラスごと、異世界に召喚されたのである。

クラスメイトたちが戸惑う中、兎は歓喜した。

「おいおい、随分と待たせてくれたなぁ、神様。もうちょっとで自分からトラックにでもひかれにいくところだったぜ？」

そんな兎が与えられたジョブは【シーフ】だった。

正直言って、あまり強力なジョブではない。

同じユニコーン級のクラスメイトたちはお通夜のような顔をしていたが、兎だけは真逆の反応を示した。

「くくく、最高だぜ。底辺ジョブを授《さず》かってこそ、異世界召喚だ」

さらに、勇者はたとえ死んだところで生き返ることが可能だと知る。

「死んでも生き返れる？　そんなイージーモードでいいのかよ？　まぁゲームで考えれば当然なシステムだけどな。おい、お前ら。実際に死んだらどうなるか、今から実演するから見てろ」

「「「えっ⁉」」」

「「「きゃああああっ⁉」」」

王宮でナイフを借りた彼女は、あえてクラスメイトたちの注目を集めてから、何の躊躇《ちゅうちょ》もなくそれを自分の左胸へと突き刺した。

女子たちの悲鳴が轟《とどろ》く中、意識が薄れていく。

そして次の瞬間、兎は見たことのある場所にいた。

「ほう、召喚された場所に戻るってわけか。……ん？　服がねぇ？」

ただし一糸纏《まと》わぬ全裸だった。

そのままクラスメイトたちのもとに戻ろうとすると、途中でセレスティア王女に見つかって止められた。

「ななな、何をされているんですか⁉」

「本当に死んでも生き返れるのか、試してみたんだよ」

「いきなりですか⁉　と、とにかく、服を着てください！」

どうやら身に着けていた装備やアイテムなどは、すべてその場に残されるらしい。

一部始終を見ていたクラスメイトたちによると、兎が自害した直後に彼女の身体だけが消失したそうだ。

「となると、どんな貴重なアイテムを入手しても、死んだらその場に放置ってことか。スタート地点に戻されるし、移動面でもなかなか面倒だな」

それでも死を恐れずに行動できるのはありがたい。

「くくっ、せっかくだし、色んな死に方をしてみてぇな」

その後、勇者たちにこの世界の常識を教えるため、王宮で講義が行われるようだったが、

「異世界に来てまで授業なんて受けたくねぇよ。それに自分で試行錯誤しながら学んでいくのが楽しいんじゃねぇか」

兎はそう突っ撥《ぱ》ね、さっさと王宮を出ることにした。

ちなみに王宮を去った早さは、彼女が二番目だった。一番目は外れ勇者と認定されてしまったクラスメイトである。

それから兎は死を恐れずにガンガン突き進んだ。

格上の魔物や数の多い相手にも躊躇なく挑んだことで、レベルが一気に上昇。さらにスキルも幾つか入手できた。


スキル〈隠密《おんみつ》〉を獲得しました。

スキル〈お宝探知〉を獲得しました。

スキル〈ナイフ捌《さば》き〉を獲得しました。


「スキルはレベルアップに伴って獲得できるわけじゃねぇようだな。恐らくは何らかの条件を達成すれば獲得するシステムか」

スキル獲得がレベルアップとは連動していなかったことから、兎はそう推測する。

「もちろんレベル自体が獲得条件になっている可能性もあるな。なんにしてもスキルの有無はこの世界で生きていく上でかなり重要だ。だが闇雲《やみくも》に模索したところで時間がかかるだけ。となると……パイセンに訊くのが早そうだな」

そう考えた兎は、【シーフ】の噂《うわさ》を聞く度に直接コンタクトを取っていった。

「ほう？　スキルの獲得条件を知りたい？　そうだなァ……なかなかの上玉だし、その身体で対価を支払ってくれるってんなら考えてもいいかもなァ？」

「つべこべ言ってねぇでとっとと教えろ、コラ」

「ぶごあっ⁉」

そんな感じで先達から教えてもらったところによると、どうやら同じジョブ持ちであっても、獲得しやすいスキルや、獲得条件などが少しずつ異なっているらしい。

そのため多少の試行錯誤は必要だったが、幸いある程度は共通していたため、兎は順調にスキルを獲得していくことができた。


スキル〈逃げ足〉を獲得しました。

スキル〈お宝鑑定〉を獲得しました。

スキル〈スティール〉を獲得しました。

スキル〈曲芸〉を獲得しました。

スキル〈壁走行〉を獲得しました。

スキル〈見切り〉を獲得しました。


攻撃的なスキルは少ないものの、【シーフ】らしい有用なスキルが多い。

特に〈スティール〉は、魔物などからアイテムを盗むことが可能なスキルで、根気よくやっていればレアドロップのゲットもできる優れモノだった。

ただし死に戻ってしまうと、どんな希少なアイテムもその場に放置されてしまう。

何度か回収しにいってみたが、無駄足になるケースも多く、面倒なのですぐにやめた。

そして兎が推測していた通り、やはり特定のスキルを獲得するのにレベル条件もあったため、レベル上げにも力を入れた。

気づけば彼女のレベルは30。

他の勇者たちと比べても断トツの高レベルへと到達する。

その代わり死に戻った回数は十回を超えた。

なお、五回くらい死んだところで、

「申し訳ありませんが、鑑定機はこれ以上、お渡しできかねます」

王宮から支給されていた、ステータスを鑑定できる希少アイテムの紛失を繰り返したせいで、支給ストップをかけられてしまった。

「仕方ねぇ。ま、ステータスは死に戻った際に王宮で確認すればいい」

リアルタイムで獲得スキルを確認できないのは不便に思えるが、大抵は自覚ができるため、それほど支障は出ないだろう。

「神出鬼没の野盗団？　ほう、そいつは面白《おもしろ》そうだな」

あるとき兎が聞きつけたのは、騎士団でも手を焼いている野盗団の噂だった。

主要な街道に幾度となく出現し、旅人や商人が被害に遭っているという。

バルステ王国でも有数の貴族が治める領地を走る街道であり、当然ながら騎士団もプライドを賭《か》けて野盗団を排除しようとしているようだが、なかなか成果が出ていないらしい。

情報の集まる酒場で詳しく聞いてみると、どれだけ調査しても、野盗団の拠点が一向に掴《つか》めないのだとか。

野盗団となれば、恐らく【シーフ】のジョブ持ちもいるだろう。

スキルについての有益な情報を得られるかもしれないと考えた兎は、被害の多い街道を行く商隊の護衛をすることに。

「早く出てくれねぇかな、野盗団」

「お、おい、お前、不謹慎なこと言うんじゃねぇよ！」

退屈な移動中につい本音を口にしていると、他の護衛に怒られてしまった。

若い男だ。といっても高校生の兎ほどではなく、二十歳前後といったところだろうか。装備から考えて剣士系のジョブと推測できる。

「あ？　別に構わねぇだろ？　そのためにオレたち護衛が付いてんだ」

「護衛任務なんて、何事もなく終わるのが一番なんだよ！　戦闘があろうがなかろうが、報酬は一緒なんだしな！」

「はっ、つまんねぇ野郎だな。ま、残念ながらてめぇの願望は外れちまったみたいだがよ」

「何だと？　っ⁉」

剣士の男が言葉を失う。

現在この商隊が進んでいるのは、見通しの悪い峠道をちょうど抜けた先。最も危険だと目されていた場所を通り越したことで、つい気を緩めていたタイミングだった。

街道脇《わき》の草むらの陰から、武装した男たちが次々と飛び出してくる。

「で、出たぞ！　野盗だ！」

護衛は兎を含めて全部で八人。一方、相手は十人以上と数で負けている。

ただ、ジョブやレベルの存在しているこの世界では、人数差がそのまま戦力差となるわけではなかった。

しかも野盗に身を落とすような者たちは、プロの戦士と比較するとレベルが低いことが多い。

高レベルの戦士であれば引く手あまたで、そもそも危険を冒して犯罪に走る必要などないからだ。

「がぁっ⁉」

「こ、こいつら野盗のくせに強いぞ⁉」

だが護衛の一人があっさりとやられたことで、野盗とは思えない手練《てだ》れの集団だと悟る。

そしてそれを悟ったときには、もはや遅かった。

さらに一人二人と護衛がやられていき、元から少なかった戦力がさらに減っていく。

そんな中、先ほど兎とやり取りしていた剣士の男は、

「やってられるかよ！」

と叫んで一目散に逃げ出した。

「おいおい、情けねぇなぁ」

去っていく男の背中を呆《あき》れながら見送ると、兎は自ら野盗集団の中へと飛び込んだ。

「っ……この女、強ぇぞ⁉」

囲まれながらも、装備のナイフ一本で手練れの野盗たちを圧倒する兎。彼女のお陰で一気に護衛側が勢いを取り戻したかと思われた、そのときだった。

右腕に焼けつくような痛みが走り、兎は顔を顰《しか》める。

突き刺さっていたのは矢。どこから飛んできたのか見えなかったことから、何らかのスキルによる攻撃かもしれない。

直後に眩暈《めまい》を覚え、兎はよろめいた。

「ちっ……毒か……」

どうやら矢には即効性の毒が塗られていたらしい。意識が朦朧《もうろう》としていく。

兎の離脱によって戦況はすぐに逆転してしまったものの、すでに商人たちは荷物を置いて逃げ出していた。欲しいのは金品であり、商人自体には用がないのだろう、野盗たちは後を追ったりはしなかった。

「この女、どうしやすか?」

「殺すな。拠点に連れて帰る。かなりの上玉だ。お頭に差し出すぞ」

「へい」

縄で縛られた兎は解毒処置を受けた。さらに荷物と一緒に抱えられ、連れていかれる。

そうして森の奥へ進むと、やがて野盗たちは切り立った崖の麓で立ち止まった。

男の一人が、岩肌から飛び出していた突起の一つを摑むと、その位置をズラす。

ズゴゴゴゴ。

轟音《ごうおん》と共に目の前の岩肌が動き出したかと思うと、崖に巨大な穴が出現した。

どうやら洞窟が隠されていたらしい。

「（なるほど。こうやって拠点を隠蔽していやがったのか。騎士団がどんなに探しても見つからないわけだな）」

野盗たちは洞窟の中へ入っていく。

かなり広い洞窟だ。野盗団の仲間たちが彼らを出迎え、奪った金品を確認しながら一喜一憂している。

「おい、女もいるぜ！」

「しかも上玉じゃねぇか！」

「汚い手で触るんじゃねぇよ。こいつはお頭用だ」

「その前に俺《おれ》たちでちょっと楽しんじゃおうぜ？」

「やめとけ。バレたらお頭にぶっ殺されるぞ」

やがて兎が連れて行かれたのは、洞窟の最奥の部屋。そこには一人の男がいた。

「お頭、女を連れてきやしたぜ」

「ほんとうかっ？」

頭髪が薄く、歯の大半が抜け落ちた不細工な男だった。人間というよりゴブリンの親戚ではないかと思うほど醜悪な相貌に、ずんぐりとした体軀《たいく》。腕の長さの割に足が短く、不格好なスタイルだ。

兎はその男の足元の床に転がされる。

「ぐひひっ、上玉だぁ」

舐《な》めるように兎の全身を見ながら、男は下卑た笑みを浮かべた。その際に吐き出された息があまりにも臭く、兎は思わず顔を顰める。

「お嬢ちゃん、かわいいねぇ？　おじさんがたっぷりかわいがってあげるからねぇ？　え？　何をするかって？　ぐひひっ、とぉっても気持ちいいことだよぉ」

「てめぇ、さすがにキモ過ぎだろ」

兎が辛辣に吐き捨てると、男はむしろ嬉《うれ》しそうに嗤《わら》った。

「ぐひひっ、こんな状況で勝ち気な子だねぇ。だけどぉ、そんなふうに強がってられるのも今のうちだよぉ？　君みたいに気の強い子が泣き喚《わめ》いてぐちゃぐちゃになる姿、おじさん大好物なんだぁ」

「おいおい、てめぇ、性癖まで歪《ゆが》んでんのか。歪んでるのは顔だけにしておけよ」

「ぐひひっ、君、ほんとにいいねぇ。おじさん、もう興奮してきちゃったなぁ。そんなに挑発的なことばかり言ってくる君が悪いんだからねぇ？」

鼻息を荒くしながら兎に手を伸ばしてくる。

指先が兎の身体に触れるか触れないかといったその瞬間、兎は躊躇なく自らの舌を嚙《か》み切っていた。

血が口から吹き出し、地面を真《ま》っ赤《か》に濡《ぬ》らす。

「え……？　ちょっ、な、何をしてるんだぁい⁉」

「へへぇほはふへぇはは、ひんはほふははしっへほほはほ（てめぇとヤるぐれぇなら、死んだ方がマシだってことだよ）」

「何言ってるか分からないんだけれどぉ⁉」

まったく予期せぬ兎の行動に、頭目の男が慌てふためく中、出血多量で兎の意識がブラックアウトしていく。

そして気づけば兎は見慣れた王宮の部屋にいた。もちろん全裸だ。

「さぁて、すぐにお礼しにいかねぇとな」


野盗団のお頭目バゼルは、元は名のある騎士の家柄だった。

しかしその醜い容姿のせいで虐待を受けながら育つ。

与えられたジョブが【黒騎士】だったことも、彼の苦境に拍車をかけた。

やがて家を追い出されるに至った彼は野盗となり、仲間たちと共に各地で略奪などの犯罪に手を染めた。

だが幾度となく騎士団の掃討作戦に遭い、その度に多くの仲間を失ってきた。

強力なジョブ持ちばかりの騎士団が本気を出せば、烏合《うごう》の衆である野盗団など、手も足もでないのだ。

そんな彼が偶然発見したのが、現在の拠点だ。

詳しい原理は知らないが、出入り口を完全に隠蔽することが可能で、これなら騎士団に発見される心配もない。

この拠点を見つけてからすでに数十回も略奪を繰り返しているが、未《いま》だに騎士団から逃れ続けていた。

「十分な金が手に入ったら足を洗って、一生遊んで暮らしてやるんだぁ。このペースならあと三か月……いや、二か月もあれば達成できるはず……ぐひひっ、もちろんいい女を好きなだけ買って、いっぱい抱くんだぁ」

と、もう少しで手が届きそうな未来を夢想しながら、歪んだ顔をさらに歪めるバゼル。

「それにしてもあの女、一体なんだったんだぁ……？　自分から舌を嚙んで死んだかと思ったら、消えてしまったし……おれ好みの気の強い子だったんだけどなぁ」

「その謎《なぞ》、教えてやろうか？」

「っ⁉」

突然、背後から聞こえた声。

振り返る前に、ナイフで首を掻《か》き斬られていた。

「……お、お前はっ⁉　な、なぜ生きている⁉」

そこにいたのは消えたはずの娘だった。

驚愕《きょうがく》と疑問が脳裏を支配するが、首から溢《あふ》れ出す鮮血に、バゼルは慌てて叫んだ。

「お、お前たちっ……敵だぁっ！　それにポーションも持ってくるんだぁっ！」

「配下を呼んでも無駄だぜ？　すでに全員あの世だからな」

「ば、馬鹿《ばか》なぁ……」

すぐに意識が保てなくなり、バゼルはその場にうずくまる。急速に視界が暗くなっていく中、最期に娘の声が頭上から降ってきた。

「オレは勇者だから、何度死んでも生き返ることができるんだよ。オレをこの場所に連れ込んじまったのが運の尽きだったな」


野盗団の拠点に乗り込んだ兎は、ものの数十分で団を壊滅させていた。

街道での遭遇時に対峙《たいじ》したときと違って、【シーフ】らしい隠密行動と奇襲を駆使すれば案外、余裕だった。

なお、あのとき兎を毒状態にした矢は、【レンジャー】というジョブ持ちの野盗の仕業だったようである。

頭目も片づけた兎は、前回ここで死んだときに散逸してしまった装備やアイテムを回収した。

そのうちの一つ、そこそこ貴重な武器だったファングダガーを回収したときである。


スキル〈亜空間収納〉を獲得しました。


「ん？　なんだ？　アイテムが……消えた？」

いきなり武器が手から消失し、兎は首を傾《かし》げた。

「何らかのスキルが発動した？　……出すこともできるな」

アイテムを消したり出したりできることに気づいて、兎は感嘆する。

のちに鑑定で〈亜空間収納〉という名称だと判明したこのスキルは、別の空間にアイテムなどを保管しておけるという非常に便利なものだった。

「しかも死に戻っても、ここに収納していたアイテムは消えねぇみてぇだ！」

保管数には限度があるものの、これ以上ない有用なスキルである。

「詳しくは分からねぇが、一度失ったアイテムを取り戻すってのが条件だったかもしれねぇな。だとすれば、普通にはなかなか条件を満たせねぇぜ」

死に戻りの結果、図らずもその条件を満たしてしまったようである。

「くくくっ、これでどんどん死にまくれるってことだな！」

こうして何の憂いもなく死に戻ることができるようになった兎は、さらに死亡回数を積み上げていったのだった。

あとがき

どうもお久しぶりです。最近、肩や背中が痛くて辛い九頭七尾《くずしちお》です。

疲れ目も酷く、執筆作業がなかなか捗りません。

ぜひ丸ごと取り外し、新しいものと交換したいと思っているのですが、これって経費にできますかね。


冗談はさておき。

外れ勇者の第2巻、いかがだったでしょうか?

今巻ではマルオがダンジョンを飛び出し、外で活躍する場面が増えましたね。

召喚された王国から活動範囲も広がり、各地に散らばっている変人のクラスメイトたちも登場したりと、個人的に書いていてとても楽しい巻でした。

もちろんダンジョン内においても、新しい住人やモフモフの従魔たちが増え、どんどん賑やかになってきたと思います。

子供たちはその秘密が明かされていくとともに、それぞれ少しずつ成長を遂げているようです。

彼女たちの今後の活躍にも期待したいですね。

なお、アズとエミリアは多分ずっとあのままです笑。

それでは恒例（？）の謝辞です。

今回もイラストを担当してくださったふらすこ先生、またまた素晴らしいイラストをたくさん描いていただき、本当にありがとうございます。

特に兎のキャラデザイン、イメージを伝えるのが少し難しくて心配していたのですが、思っていた以上のものをいただき、とても驚きました！　新しいモフモフたちのデザインも可愛くて最高です！

また、担当編集さんをはじめ、本作の出版に当たってご尽力くださった関係者の皆様、今巻も大変お世話になりました。

最後になりましたが、本作を手に取っていただいた読者の皆様に心から感謝しつつ、今回はこの辺りで失礼いたします。ありがとうございました。

九頭七尾

GAノベル

外れ勇者だった俺が、世界最強のダンジョンを造ってしまったんだが？ 2

2024年2月29日　初版第一刷発行

著者　九頭七尾

発行者　小川 淳

発行所　SBクリエイティブ株式会社
〒105-0001　東京都港区虎ノ門2-2-1

装丁　AFTERGLOW

印刷・製本　中央精版印刷株式会社

乱丁本、落丁本はお取り換えいたします。
本書の内容を無断で複製・複写・放送・データ配信などをすることは、かたくお断りいたします。
定価はカバーに表示してあります。

©Shichio Kuzu
ISBN978-4-8156-2178-0
Printed in Japan

ファンレター、作品のご感想をお待ちしております。

〒105-0001　東京都港区虎ノ門2-2-1
SBクリエイティブ株式会社
GA文庫編集部 気付

「九頭七尾先生」係
「ふらすこ先生」係

本書に関するご意見・ご感想は
下のQRコードよりお寄せください。
※アクセスの際に発生する通信費等はご負担ください。

https://ga.sbcr.jp/

試読版は
こちら!

冒険者酒場の料理人

著：黒留ハガネ　画：転

GAノベル

　迷宮を中心に成り立つこの街の食事事情は貧相で、冒険者にとって食事は楽しむものではなかった。

　現代日本からこの世界に流れ着き酒場の店主となったヨイシは、せめて酒場に来た客にぐらいは旨い飯を食わせてやろうと、迷宮産の素材を調理した料理──『迷宮料理』を開発する。石胡桃、骨魚、霞肉に紅蓮瓜……誰もが食べられないと思っていたそれらを、現代知識を活用した製法で、絶品の料理にしてしまうヨイシの店は、連日連夜の大賑わい！

「なあ、新しい迷宮料理を開発しようと思ってるんだけど。次はどんなのが良いかな？」

　今日も冒険者が持ち寄る素材を調理し、至高の料理を披露しよう。

ホームセンターごと呼び出された
私の大迷宮リノベーション！

著：星崎崑　画：志田

GAノベル

ある日のこと、ホームセンターへ訪れていた女子高生のマホは、突然店舗ごと異世界へ召喚されてしまう。目を覚ますとそこは、世界最大級の未踏破ダンジョン『メルクォディア大迷宮』の最深部だった！　地上へ脱出しようにも、すぐ上の階にいるのはダンジョン最強モンスター「レッドドラゴン」で、そいつ倒さなきゃ話にならない状況。唯一の連れ合いは、藁にもすがる思いでマホを呼び出した迷宮探索者のフィオナのみ。マホとフィオナのホームセンター頼りのダンジョン攻略（ただし最下層スタート）が始まる。

これは、廃迷宮とまで言われたメルクォディアを世界最大の迷宮街へと成長させた魔導主マホ・サエキと、迷宮伯フィオナ・ルクス・ダーマの物語である。

マーダーでミステリーな勇者たち

GA文庫

著：火海坂猫　画：華葡。

長い旅路の末、勇者たち一行は、ついに魔王を討伐した――

これでようやく世界に平和が訪れ、勇者たちにも安寧の日々がやってくる……と、そう思ったのも束の間、翌朝になって聖女が死体となって発見された。

犯人はこの中にいる――!?

勇者、騎士、魔法使い、武闘家、狩人――ともに力を合わせて魔王を倒した仲間たち。そして徐々に明かされていく、それぞれの事情と背景。

誰が、なんのために？？？

魔王討伐後に起きた聖女殺人事件。勇者パーティーを巡る、最終戦闘後のミステリー、ここに開幕。

大学入学時から噂されていた美少女
三姉妹、生き別れていた義妹だった。
著：夏乃実　画：ポメ

GA文庫

「今日ね、大学ですごく優しい男の人に会ったの」「……えっ、心々乃も!?」

「え？　真白お姉ちゃんも？」

　大学入学前から【美少女三姉妹】と噂されていた花宮真白、美結、心々乃。周囲の目線を独占する彼女たちには過去、生き別れになった義理の兄がいた。それが実は入学後すぐに知り合った主人公・遊斗で……。

「前に三人で話してた優しい人が遊斗兄ぃだったってオチでしょ？」

　遊斗は普通に接しているはずが、なぜか三姉妹が言い寄ってくる!?

「ほかのふたりには内緒だよ……？」　十数年ぶりの再会をキッカケに義妹三姉妹に好かれ尽くされる美少女ハーレムラブコメ。

第17回GA文庫大賞
GA文庫では10代~20代のライトノベル読者に向けた
魅力溢れるエンターテインメント作品を募集します!
書く、その先へ。
イラスト/はねこと
大賞賞金300万円+コミカライズ確約!
◆募集内容◆
広義のエンターテインメント小説(ファンタジー、ラブコメ、学園など)で、日本語で書かれた未発表のオリジナル作品を募集します。希望者全員に評価シートを送付します。
※入賞作は当社にて刊行いたします。詳しくは募集要項をご確認下さい。
全入賞作品を刊行までサポート!!
応募の詳細はGA文庫公式ホームページにて
https://ga.sbcr.jp/